ダッシュエックス文庫

JN177923

メルヘン・メドヘン

松 智洋／StoryWorks

圧倒的な紙とインクの匂《にお》いに包まれた〝そこ〟には、埃《ほこり》っぽい書架いっぱいに分厚い『本』が並んでいた。

楽しい物語がある。

悲しい伝説がある。

心温まる美談がある。

聞くに堪《た》えない醜聞《しゅうぶん》がある。

一読すれば怖さに一人でいられなくなる怪談。

斜め読みするだけで笑いが止まらない喜劇。

世界の全てを記録する、それは『本』だ。

様々な言語で口から口へと伝えられた情報であっても、紙とインクで彫刻されていても、ハードディスクに記録されたデータであっても、あらゆる場所に物語はある。

文字が発明される以前から、
口伝《くでん》で、歌で、世代を超えて伝えられてきた遺産。

人は、『本』を通して世界を見る。

自分の物語を紡《つむ》ぐために、人は、今日も歩き続けるのだ。

第一章

鍵村葉月は決められない

「シンデレラ、泣いてはいけませんよ。

おまえはツラいことがあってもいつも笑顔でがんばるとても良い子ですね。

ご褒美《ほうび》に私が舞踏会へ行かせてあげましょう」

魔法使いのおばあさんが杖《つえ》を一振りするとカボチャは馬車に、みすぼらしい服はたちまち美しいドレスに変わったのです。


私がその『本』を見つけたのは、引っ越しの荷造りをしていた時だった。

お母さんの空色のドレスと一緒に、それは箱の中にしまわれていた。

「なんで、こんなところに本が……？」

当たり前だけどドレスと本をいっしょくたにして箱にしまうなんてするわけがない。

私は首を傾《かし》げながらも『本』を取り出すと、じっくり観察してみた。

紙を何枚も重ねて作った分厚い装丁《そうてい》は空と海の中間みたいな不思議な青色をしていて、触れてみるとサラサラとした感触が指に伝わってくる。背と表紙には文字とも記号ともつかない不思議な模様が描かれているだけだった。

これだけ存在感のある『本』なら記憶にあってもいいはず。

そもそも、私が『本』に関することを忘れるわけがない。

——読みたい。

胸の中にお馴染《なじ》みの衝動がわき上がる。

私の指が表紙のふちにかかり、ゆっくりと『本』が開かれていく。

その時だった。「葉月《はづき》、そろそろ時間だぞー」と私を呼ぶお父さんの声が聞こえてくる。

「はーい、いま行くー」

慌《あわ》てて本を閉じた。名残惜《なごりお》しいがのんびり読書をしてる場合じゃない。今日はとても大切な日なんだから。

ドレスを元に戻し、その不思議な『本』は旅行カバンの中にねじ込んだ。

後になって思えば、この時すでにはじまっていたのだ。

私と『本』と、そして『あの人』の物語が——

鍵村《かぎむら》葉月には友達がいない。

少ないとか、ごくわずかしかいないとか、微妙な関係ではあるがそれを友達と呼んでいいのかわからないとか、そんな生易《なまやさ》しいレベルではなく、あまつさえ友達はいないけど恋人はたくさんいますとか、そういったライトノベル的ハーレムキャラというわけでもない。

十五歳の現在、本当に完膚《かんぷ》なきまでに、ただの一人も友達がいないのである。

なにせ私は物心ついた頃から変な子だと言われてきた。

とくになにをするでもなく空を見上げていたり、道ばたに座り込んでいつまでも動かなかったり、ボーッとしていることが多かったからだろう。

そういう時、私の頭の中ではいろいろな『物語』が動き出している。

こんもりとした入道雲の中には真っ白なお城があって、そこでは背中に羽のある人たちが暮らしているのだとか、アリさんたちが一列に並んで歩くのは大昔に魔法をかけられたせいだとか、なんの役に立つわけでもない妄想《もうそう》と空想の世界にひたっていた。

そんな風になったきっかけは、たぶんお母さんだ。

お母さんは私にたくさんのお話を聞かせてくれた。

楽しい話、悲しい話、怖い話、不思議な話。有名なお話だけじゃなくてお母さんオリジナルのお話もいっぱいあった。

そしてお母さんは、必ず最後にこう言った。

「葉月、自分の『物語』を見つけなさい」

小さかった私はその言葉の意味を一生懸命に考えた。

考えに考えて考えぬいたあげく辿《たど》り着いたのが「空想」だった。

出会うものはなんでも空想の餌食《えじき》になった。そして空想は空想を呼び、あれもこれもそれもまざってごっちゃになっていくのだ。

お母さんが亡くなってしまって、私の空想癖《へき》はさらに悪化した。

今では雲のお城はジェット推進で空を飛び、騒音に悩まされた王様はストレスで髪の毛と羽に深刻なダメージを受けている。アリさんたちは魔法の力を逆利用して行列のできるラーメン屋さんをはじめている。我ながら意味不明だ。

お母さんも天国で「そうじゃない」とツッコミを入れていることだろう。

そんな子に普通の友達ができるわけもなく、高校生になった私こと鍵村葉月は、それはそれは立派な〝ぼっち〟へと成長をとげていたのでした。めでたしめでたし。

「ぜんぜんめでたくないし⁉」

ハッと気づけばそこは学校の教室。しかも授業の真っ最中だった。

教壇に立つ先生は怒りにこめかみをヒクヒクさせ、クラスメートたちは「またか」という顔で、呆《あき》れたりクスクス笑ったりしていた。

また、やってしまった……。

今回はタイミングも悪かった。期末試験を間近に控え、先生がわざわざ「絶対に試験に出すぞ」と念を押したところだったからだ。

「鍵村葉月！　あとで職員室まで来い」

「……はい」

私は恥ずかしさといたたまれなさに首をすぼめながら返事をした。

放課後、職員室に出頭した私はしっかりたっぷり先生のお説教を頂戴した。

集中力が足りない。そんなだから成績も上がらないんだ。もう子供じゃないんだ。高校三年間は長いようで短いぞ。もっとクラスに溶け込む努力をしろ。部活には入ったのか？　なに入っていないだと。だったら俺が顧問をしている秋田伝統文化研究会に——いえ！　間に合ってます！　と、そんな感じにお小言を粛々《しゆくしゆく》と受け止めたりナマハゲと共に過ごす高校生活を間《かん》一髪《いっぱつ》でかわしたりして、やっとのことで解放されて職員室を後にした。

ところが、そこで私は会いたくなかったひとと遭遇してしまう。

「はぁ？　マジで言ってんの？」

その声に私は思わずビクッと身体を震わせる。

振り返ると、なにやらキラキラした集団が向こうからやってくるのが見えた。

「もうすぐ試験だし。アタシ、成績落としたくないんだけど」

「おいおい真面目《まじめ》かよ。つーか、美沙《みさ》が来ねぇとかマジありえねぇし。頼まれてんだよな？」

「こないだアンタが連れてきたの陰キャばっかだったじゃん」

「うわ、美沙きっつー」

「マジで！　今回はホントにイケメンそろえてっから！」

会話の内容もさることながら、みんな溢《あふ》れんばかりのリア充オーラが漂っている。なにより男女混合という時点で私みたいな人間には近寄りがたい雰囲気があった。

そんな目立つグループの中心にいるギャル風の美人、彼女が私の会いたくなかった人だ。

「あれって美沙の義妹《いもうと》ちゃんじゃね？」

すると、私のことを目ざとく見つけたひとりの男子が声をあげた。

気づかずスルーしてくれればいいものを、なんて余計なことをしてくれたんだ。

心の中で精一杯の悪態をつきつつ、私がおそるおそる顔をあげると、そこにはあからさまに不機嫌そうな継姉《あね》の顔があった。

「アンタまた呼びだされたの？　マジで？　どうやったら週一で呼び出されるわけ？」

「ご、ごめんなさい」

私は咄嗟《とっさ》に謝った。

見ての通り、ちんちくりんでぼんやりした顔だちの私と違って、細身で背が高い継姉はまったく血が繋がっていない。

詳しく経緯《いきさつ》を説明すると長くなるのだが、要するにお父さんの再婚相手の連れ子が、このちょっとキツめな美人さんということになる。

「なんでアタシに謝るのよ。ていうかやめてよね。オドオドするの。なんかアタシがイジメてるみたいじゃん」

「ごめんなさい……」

「だからぁっ」

イライラのせいか、美沙さんの声のトーンが一段上がった。

「ちょっと美沙、義妹《いもうと》ちゃんマジでビビってるって」

ひとりの先輩が苦笑いしながらとりなしてくれたおかげで怒鳴られることはなかったけど、
相変わらず美沙さんは苛立《いらだ》たしげな視線を私に向け続けていた。

額《ひたい》に、手に、嫌な汗が滲《にじ》む。不整脈でも起こしたみたいに心臓が変な音を立てはじめる。

あ……ダメだ。

また、〝アレ〟が来てしまう。

「ごめんなさいっ！」

限界に達した私は三度目の「ごめんなさい」を繰り出して廊下を駆け出した。

いや〝逃げ〟出した。


学校を飛び出した私は自宅とは反対方向へと走った。

手近な本屋さんに入ると、新刊コーナーに平積みされた小説を一つ掴《つか》んでレジへと向かう。

「こ、これください！」

「672円になります。カバーはおかけいたしますか？」

「い、いいです！」

いいから、早くして！

心の中で叫びつつ会計を済ませ、店を出てすぐのところにある植え込みに座り込むと買ったばかりの本を血眼《ちまなこ》になってページをめくった。

あらすじをすっとばし、口絵も後回しにして、最初の一行へと辿《たど》り着《つ》くとすぐさま文字を追いはじめる。そしてひらすら読んだ。とにかく読んだ。読んで、読んで、読んで……。

やがて余計な思考が消えて物語の世界に没入していった。


私には悪い癖《くせ》がある。

普段は嫌なことやツラいことを空想で紛《まぎ》らわせているけれど、それでも追いつかない時がある。そうなると私は本の、物語の世界に逃げ込む。

自分ではない誰かの物語に熱中していると、自分と世界が切り離されていくような気がして、不安や苦しみを忘れることができた。

『物語症候群』

この悪癖《あくへき》のことを、私はそう呼んでいる。

「ふぅ……」

たっぷり一章分を読み終えたところで、私はようやく落ち着きを取り戻した。

こういう時のためにいつもなら常に三冊以上は持ち歩いているのだけど、持ってきた本が意外とイラストが多かったり後半が設定資料集になっていたので思ったよりも早く読み終わってしまったのだ。おまけに学校の図書館は試験期間中は返却のみで貸し出しが禁止ときた。

いったい誰がそんなルールを作ったのか、きっちり問い詰めてやりたい。

「はぁ……本屋さんが近くにあってよかった」

こういう時は東京に引っ越してきて良かったと素直に思う。なにせ、私が通う高校もお継母《かあ》さんのマンションも日本一と言われる書店街にある。

本屋さんが少なくなっている昨今、大きなビルを構えてたくさんの本を取り揃えてくれる書店の、なんとありがたいことか。もちろん、小さな書店もそれぞれのカラーというか店員さんの趣味嗜好《しこう》やお客さんにこんな本を読んでほしいというメッセージがうかがえて実に趣《おもむき》深い。少ないだけに一冊一冊の本が宝物のように並べられている光景は神秘的で、思いも寄らなかった本との出会いは迷宮の最奥《さいおう》で宝物庫を見つけた冒険者の気分だ。

だけど私も若い肉体を持て余すピチピチの十五歳である。

やはり圧倒的な品揃えというのは抗《あらが》えない魅力があった。

気づけば両手が書店のロゴが入った紙袋で塞《ふさ》がっていた。もちろん中身はすべて本だ。

「い、いつの間にこんなに……」

日本一の書店街おそるべし、だった。

ずっしり重い紙袋を抱えて豪華なタワーマンションに帰宅する。

オートロックのエントランスを抜けて、最上階に近い自宅に辿り着く。すぐに玄関に高いヒールの靴が戻ってきているのに気づいた。

「あら、早かったのね」

「あ、はい。ただいま……です」

帰宅した私を、明るい色のスーツを着た細身の美女が出迎えてくれる。

真田冴子《さなださえこ》さん。私のお継母《かあ》さんだ。

冴子さんは私を軽く一瞥《いちべつ》しただけで、すぐに忙しそうにしはじめる。

たぶん、このまますぐに会社に戻るのだろう。いつものことだ。

冴子さんは出版社でファッション誌を作っている。とっても偉い人らしい。

どうしてそんなオシャレな人がお父さんみたいな野暮《やぼ》ったい研究者と再婚するに至ったのか、それこそどんな物語があったのか、お父さんは恥ずかしがって教えてくれない。

おまけに今は海外へ単身赴任中ときてる。だったら冴子さんに聞けばいいと言われるかもしれないけれど、残念ながらそれは私にとってとてつもない難関だった。

「葉月さん、私のスカーフ知らないかしら？　一昨日、クリーニングに出したはずなんだけど、戻ってきてないのかしら……」

「あ、それなら私がお洗濯しておきました」

すると、冴子さんは忙《せわ》しなく動かしていた手を止めた。それからふぅ、と一つ溜息をつくと、

「葉月さん、そういうことはしなくていいと言ったでしょう」

「す、すみません……」

私の手に本の詰まった紙袋を見つけた冴子さんは、さらに眉間《みけん》にシワを寄せて続ける。

「わざわざお手伝いさんを雇っているんだから、任せてしまえばいいの。アナタには他にやる

べきことがたくさんあるでしょう」

また、アレがやってきそうな気配に戦々恐々としていると、ふいに冴子さんが時計を見て声をあげた。

「いけない、もうこんな時間。今夜は私も美沙も帰りが遅いから、これでなにか適当に食べておいてちょうだい。それと、とにかく、読書もほどほどにするように」

そう言って冴子さんは慌ただしく出かけていった。

「……ちょっと多すぎるよ」

渡されたお金を数えて、私は小さく溜息をついた。


夕食はいつものようにハンバーガーで済ませることにした。

外食はちょっと苦手だ。家の近所は女の子ひとりには入りづらい店ばかりだし、かといって自分で作る気にも、ましてやそれをひとりぼっちの自宅で食べる気にもならなかった。

そういう時、ファストフード店はちょうどいい。部活帰りの学生たちがたむろしていてかなり騒がしいけれど、むしろそういう場所の方が落ち着く。なにより読書も捗《はかど》る。

とはいえ、すぐに読書に没頭という気分にはなれなかった。

「はぁ……上手《うま》くいかないなぁ」

学校でも家でも、今日は失敗ばかりだ。

冴子さんのスカーフの件は良かれと思ってしただけにへこむ。

お父さんと二人で暮らしていた頃は、家事は私の担当だった。掃除も洗濯も食事の用意もぜんぶお手伝いさん任せで、その分の時間を仕事や勉強に費やすべきという冴子さんの考え方にはいまだに慣れない。

私だって新しい家族と上手くやりたいと思っている。

一人っ子だったので、兄姉《きょうだい》というものに憧《あこが》れだってある。

お姉ちゃんのコスメを勝手に使って怒られたり、一緒にお買い物に出かけてお揃いの小物を買ってみたり、洋服の貸し借り……は、私の貧弱な身体では難しいかもしれないがアクセサリーくらいならできるだろう。同じ高校に通って、私の曲がったタイを美沙さんが直してくれたりして「お姉さま」「はづき」なんて呼び合ったり……。

「って、それはなんか違うし!?」

思わずツッコミを入れてしまってから、ハッとなって周りを見渡す。

……よかった。女子高生たちはおしゃべりに夢中だったりイヤホンで音楽を聴いていたりして私のひとりツッコミには気づいていない。

近くにいたサラリーマン風の男性が何事かとこっちを見ていたけど、被害はそれくらいだ。

「空想の中ならいくらでもお話しできるのになぁ……」

あ、また気分が落ち込んできた。

こういう時は本だ。本を読もう。

そう思って、カバンから読みかけの新刊を取り出そうとしたら、なにやら指先に文庫本らしからぬ感触。

「なにこれ……？」

いや、何かと言えばそれは『本』だった。

ただし、手の平サイズの文庫本ではなく、ずっしり重いハードカバーの本だ。

「間違えて入れちゃったのかなぁ？　でも、こんな本持ってたかな……」

うーん、確かにこの古めかしい青い装丁には見覚えがあるような……。

「そうだ！　お母さんのドレスと一緒に入ってた本だ！　あー、すっきりした。私が本のことを忘れるわけないよね……って、ちょっと待って。なんでそれがカバンに入ってるの……？」

こんな大きく分厚いのを文庫本と間違えて入れるわけがない。

それ以前に、この本はどこにあった？

少なくとも私は引っ越しの日から一度たりとも見ていない。

「ふ、普通に怖いんですけど……」

単なる不思議な本ではなくて呪いの本だったのでは？

一度でもページを開いてしまったら、読み終えるまで手放すことはできない。そして読み終えたならその面白さに心奪われてしまい二度と手放すことができないのだ。

……え、なにそれつまりすごく面白いってこと？

「よし、読もう」

私の決断は早かった。さっそく本を開いて――

「あれ？　開かない？」

どれだけ力を入れても分厚い表紙は開かない。

「ふぐぐ……っ！」

しばらくの間、本を相手に格闘し続けたがダメだった。まるでこの『本』自体が一つの塊《かたまり》みたいにビクともしない。

目の前に『本』があるのに読めない。この世にこれほど辛《つら》い拷問《ごうもん》があるとは思いも寄らなかった。

「うう……期待させておいてこれじゃ生殺しだよぉ……」

落ち込んだ気分を糖分でどうにか誤魔化そうとズズっとシェイクをすすった時だった。ふと、レジに並んでいる一人の人物に目がとまる。

身長は私と同じくらい。性別はよくわからない。だって、その人は足下まであるようなオリーブ色のローブを着ていて、頭まですっぽりとフードをかぶっていたからだ。

見た目は完全に不審者だった。こんな東京のど真ん中じゃ二〇メートルごとにお巡りさんに呼び止められてもおかしくない。

私が思わず目で追っていると、レジのお姉さんから紙袋を受け取り、ローブの人物は店を後にした。ちょうど店に入ってきたサラリーマンと軽くぶつかりながら。

「っ！　……あれぇ？　なんかぶつかった……？」

サラリーマンは不思議そうに辺りを見回していた。

そう、まるで〝ぶつかった相手が見えていない〟みたいに――。

気がつくと私はローブの人を追いかけてファストフード店を飛び出していた。

オフィス街で頭の先から足下まですっぽり覆《おお》った人物はよく目立っていた。

それなのに誰も気にした様子がない。いや、見えていないのだ。だって、すれ違う通行人たちはまるで魔法でもかけられたみたいに無意識にローブの人を避けていくんだもの。

そう、魔法だ！

胸が一気に高鳴る。

頭まですっぽりと覆うローブに、普通の人には見えていない様子、もう間違いない。あのローブの人は魔法使いなんだ。

どうして私にだけ見えているのかということなんてどうでも良かった。

とにかく後を追わなければという衝動に突き動かされて私は走った。

やがてオリーブ色の頭が路地へと入っていく。私も後に続いて路地に飛び込んだ。

「あれ⁉　い、いない……」

路地は行き止まり。エアコンの室外機が一つ、ぶーんと音を立てているだけだった。

ローブの人の姿は影も形もない。

「動かないで」

「ひうっ⁉」

とん、と私の肩に何か棒のようなものが触れた。

後をつけていたことがバレていた！　そう思うと、背筋に冷たいものが走った。

だって相手は魔法使いだ。おとぎ話では相手をヒキガエルや子豚に変えてしまう。しかも最近のは攻撃魔法とか言って、もの凄《すご》い炎を飛ばしたり、雷を落としたり、ドラゴンもまたいで通ったりするらしい。いや、ぜんぶ本で読んだんだけど。

思わず身をすくめる私にローブの人は続けて言った。

「やはり、わたくしの姿が見えているのね。何者……いえ、目的はなんです？」

女の子の声だった。口調は丁寧《ていねい》だけど、声は若い。もしかしたら私と同じくらいかも。

って、そんなことより今は誤解を解かなきゃ！

「わ、私は――」

その時、私はどうしてそんなことを言ったのか、自分でもよくわからない。

ただ、後になって考えてみたところ、それが私の本心であり、心の底からの〝願い〟だったのだろう。

「好きです！」

「は……!?」

ローブの人が言葉を失ったのが、背中越しにもわかった。

「あ、や、ちがった！　そうじゃなくて！　そうじゃないわけでもなくて！　好きなのは本当だけどそれはあなたのことじゃないっていうか……いやいや、だからって嫌いというわけじゃ

なくて……えっと、だから、私が言いたいのはつまりその……」

しゃべればしゃべるだけ自分が墓穴を掘っていくような気がした。

「友達！　そう、お友達になりませんか!?」

「はぁ!?」

あ、あれ？　またなにか間違えた？

「あなた何を言って……」

フードの下からあきらかに動揺した声が聞こえてくる。

「と、とにかく！　これ以上ついてくるなら容赦《ようしゃ》しませんわよ！」

そんな捨て台詞《ぜりふ》が聞こえたかと思うと背後で風が舞う。

おそるおそる振り返ると、ローブの人の姿はもうそこにはなかった。

もしやと思って見上げると、ビルの隙間《すきま》をホウキに跨《また》がってぐんぐん昇っていく人影が目に入る。

「わぁっ……！」

魔法使いは本当にホウキで空を飛ぶんだ……！

「あれ？」

感動していた私は室外機の上にちょこんと置かれた紙袋を見つけた。それはさっき、魔法使いさんが買っていたファストフード店のものだ。

届けた方がいいだろうか。でも、ついてくるなって言われたし……。

「ううん！　追いかけよう！　だってあんなに大事そうに抱えてたし！」

なんて、私は自分に言い訳をして魔法使いさんの後を追いかけるのだった。


狭い路地をいくつも抜けて、必死にローブの人あらため魔法使いさんを追い続けた。

運が良かったのか不思議と見失うこともなかった。

やがて辿り着いたのは小さな図書館だった。

学校の近所にこんなレトロで雰囲気のある図書館があっただろうか？　と、私が首をかしげていると、魔法使いさんは躊躇《ためら》いなく図書館へと入っていく。もちろん私も遅れて後を追った。

「わぁ……！」

図書館に足を踏み入れた途端、私は思わず声をあげた。

外観も雰囲気があったけど中はもっとすごかった。

一階は手前に受付と机があって、奥が蔵書スペースになっている。さらに二階は吹き抜けになっていて天井までびっしりと書架で埋まっている。上の方の本を取るために可動式の階段も設置されていた。

こんなステキな図書館をチェックしていなかったなんて、私ったらなんたる不覚か。

すぐに登録して会員にならなければ。貸し出しは何冊までだろうか？　閉館時間までに一冊くらい読み終えられるだろうか……。

「って、そうじゃなかった！」

魔法使いさんは、一番奥まった場所の書架の前でなにやらぺたぺたと本に触れていた。

どう見ても読みたい本を探しているようには見えない。

私が観察していると〝それ〟は突然起こった。

「machen《マッヘン》」

魔法使いさんが何かを唱えると、本と本の間から光が溢《あふ》れ、書架が真ん中から割れてゴゴゴッという音を立てて左右にスライドしていった。

やがて人がひとり通れるくらいの隙間《すきま》ができると、魔法使いさんはなんの躊躇《ちゅうちょ》もなくそこへ足を踏み入れる。そして、すぐにまた書架がスライドして元通りになった。

「あわわ……」

姿の見えない魔法、箒で空を飛び、今度は図書館に隠された秘密の扉……！

どうしよう⁉　不思議のオンパレードすぎて私の空想もついていけないよ！

「きっとここが魔法の世界への入り口なんだ。私、ものすごい秘密を知っちゃったかも！」

私はいてもたってもいられなくなって、さっきまで魔法使いさんがいた場所を調べはじめた。

「うーん……どうやったら開くんだろ？　確か、こんな感じで……」

ぺたぺたと書架を触ってみる。

当然、なにも起らない。

見れば見るほど、なんの変哲もない書架だった。

魔法使いさんもなにか呪文を唱えていたし、きっと魔法使いだけが開けられる扉なのだろう。

「まあ、そうだよね……」

薄々わかっていた。私は〝向こう側〟には行けないって。

頭の中でいくら空想しようが私は私。他の何かにはなれない。

鍵村葉月に待っているのはこの先もずーっと続く平凡で代わり映《ば》えのしない毎日だ。

それでも。

それでも願わずにはいられない。

変わりたい――と。

その時、何の前触れもなく私の視界に強い光が射した。

「きゃっ！」

光は、私のカバンの中から発せられていた。

私はおそるおそるファスナーをあける。光っていたのはあの『本』だった。

いつの間にか私のもとにやってきた不思議な『本』。その表紙が眩《まばゆ》いばかりに光っていた。

〝ゴゴゴゴゴッ〟

まるでそれに反応したかのように、書架が動き出す。

「やった！　すごい私！」

もしかすると、私ってば魔法の才能があったりするんじゃないだろうか――などと、都合の良いことを妄想していると、なにやら身体が引っ張られる感覚。

「え？　え？」

開いた書架の向こうは、まるで宇宙の奥底のように深く暗い世界が広がっていた。そこからなにやら不思議な力が働いて私を引きずり込もうとしていた。

「や、あのっ、ちょっと待って！　やっぱり私いったんお家に帰りたいかなぁ……って。それでまずは冴子さんに相談して、宿題してお風呂入って本を読んでそれからそれから……！」

当然、私の提案は聞き入れてもらえなかった。

「ひあああああっ！」

そうして私は扉の中に吸い込まれていった。

＊

そこは、いくつもの『扉』が規則正しく並ぶ不思議な空間だった。その中の一つが淡い光と共に開かれると、オリーブ色の外套《がいとう》を纏《まと》った人物がふわりと地面に降り立った。

「う……」

着地と同時に〝土御門静《つちみかどしずか》〟は軽い目眩《めまい》を感じて眉《まゆ》をひそめた。

『扉』を使って結界をくぐると、どうしてもこの目眩がつきまとう。静にとっては初めてのことではないが、何度経験しても慣れるものではなかった。

少しでも新鮮な空気を吸おうと外套を脱ぐ。

「まったく、なんだったのでしょう……」

この外套には姿隠しの魔法がかかっている。唯一《ゆいいつ》、匂《にお》いだけは隠せないので犬を飼っている場所は避けるようにしなければならない。が、人間相手なら、まずもって見つかることはないはずだった。まさか、彼女が動物並みの嗅覚《きゅうかく》の持ち主だというわけではあるまいし――。

「いえ、考えるのは後にしましょう。まずは学園長に報告をしなければ。それからゆっくりとコレを……って、ない!?」

静は慌てた。そしてすぐに思い出す。さっきの路地で万が一荒事になって台無しにしてはいけないと、離れたところに待避させていたのだった。それをすっかり忘れていた。

「あの娘《こ》が急に変なことを言うから……！」

そうだ。ぜんぶあの娘のせいだ。

「だって、会っていきなり『好き』だなんて……」

〝ドクン……ッ！〟

彼女の言葉を思い出して、心臓が跳ねた。すぐに頬がカーッと熱くなっていく。

静にとってもこんな風に心がかき乱されるのは生まれてはじめてだった。

「もうっ、いったいなんなのですのーっ！」

説明のつかない感情に、静は子供のように地団駄《じだんだ》を踏んだ。

そうしてひとしきり地面に八つ当たりをして気が済んだのか、静は居ずまいを正す。

「さて、学園長に報告に参りましょう」

まるで何事もなかったのだと自分に言い聞かせるように呟《つぶや》くと、静は背筋を伸ばして部屋を出ていった。

＊

「ひあああああああっ……ぶっ⁉」

謎の引力に私はなすすべもなく右へ左へ上へ下へ、翻弄《ほんろう》されまくった挙げ句にべちゃっと顔面から着地した。わりと本気で痛い。

「うう……で、でも大丈夫！」

だけども私はぐっと堪《こら》えて立ち上がる。だって、扉の向こうにはまだ見ぬ魔法の世界が広がっているのだから！

「広がって…………………あれ？」

そこは何かの建物の中のようだった。

それほど広くない空間に、跳び箱、マット、ボールのいっぱい入った籠《かご》、石灰《せっかい》の袋、ライン引きなどなど。どれも見覚えのあるものばかり並んでいる。

つまり、紛《まが》うかたなき体育倉庫だった。

「えーと……」

なんとなく、いかにもな世界にやってくることを期待していた私としてはちょっとばかり拍子抜けだ。

「そうだ、『本』と紙袋！」

私をこんなわけのわからないところへ連れてきた元凶。あの本は、すぐ目の前に落ちていた。

「ま、また光ったりしないよね……」

おそるおそる手を伸ばして、指先でつついてみたり。……なにも起こらない。

本を拾いあげてホコリを払う。なんとなく怖いけど置いていくわけにもいかない。これが原因だとしたらもとの場所に戻るために必要かもしれない。

私は『本』をカバンにしまうと意《よ》を決して体育倉庫の扉に向かった。

そこで、ふと脳裏に嫌な想像が過ぎる。

「……まさか鍵《かぎ》がかかってるとかないよね？」

しかし、案の定《じょう》というかなんというか扉は開かない。

「うそぉ!?　ちょっとそれはないよぉ！」

せっかく魔法の世界（推定）に来たのに、体育倉庫に閉じ込められて出られませんというのはあまりにもあんまりだ。

私はガチャガチャと扉を動かす。

「お願いだから開いてぇ！」

〝カチャン〟

と、そんな音がしたかと思うと、いきなり抵抗がなくなって扉が開いた。

「へ……あ、あれ？」

なにかに引っかかってただけだった？　……うん、そういうことにしておこう。

深く考えるのはやめて、私は外に出ることにした。

「わぁ……！」

外に出た途端、私の目に飛び込んできたのは西洋のお城みたいな建物だった。

こうして遠目に見てもわかるくらい大きくて、〝いかにも〟な雰囲気があった。

きっとここに住んでいるのは偉大なる大魔法使いに違いない。

だとしたら、私が会った女の子は魔法使いの弟子というところかな？

「私もお願いしたら弟子にしてもらえないかなぁ」

そしたら、あの子とも仲良しになれるかもしれない。

お気楽にそう考えた私はひとまずお城に向かって歩き出した。

＊

「先生方と話し合った結果、候補にあがったのはこの二人です」

静から受け取った報告書に学園長は革張りの椅子の上で目を通す。

「やれやれ、たった二人だけ……か」

そう言うと学園長は大きく息を吐いた。

実際、その二人もかろうじて〝戦える〟というレベルである。そのことは学園長も理解しているのだろう。だからこその溜息なのだと、静もわかっていた。

「悲観ばかりしていてもはじまらんか……。うむ、ご苦労だった。新メンバーの登録は私が行っておこう」

学園長が軽く指先を振ると、ハンコがふわりと宙に浮き上がり、先ほどの書類に『承認』の判を押した。

「さて、あちら側はどうだった？　なにか手がかりは見つかったかね」

「いえ……残念ながら、なにも」

一瞬、静の脳裏にあの少女の姿が過ぎったが、すぐにどこかに追いやった。

静が探しているのは『本』だ。間違ってもあんな不躾《ぶしつけ》な少女ではない。

「ふむ……しかし妙だ。私はチームの欠員を埋めるため誰がメンバーに相応しいのかと占ったはずなのに、星が指し示したのは人ではなく『本』だ。おまけに場所は〝あちら側〟ときた」

「申し訳ありません。明日またあらためて探してまいります」

「いや、それにはおよばない」

学園長はそう言って立ち上がる。

「星の配置は今日この日を指していた。つまり〝見つからなかった〟という結果も含めて意味のあることなのだよ」

「はぁ……あ、いえ」

静は思わず曖昧《あいまい》に頷《うなず》いてから、慌てて言い直す。

「やれやれ、土御門家の後継ぎである君がそんなことでは困るな」

時間と空間の因果《いんが》を紐解《ひもと》き、未来の道筋を明確にする術――すなわち『占い』は陰陽道の得意とすることの一つだ。そして静の土御門家といえばその陰陽術の太祖の家系だった。

「申し訳ありません」

確かに、どちらかと言えば占いは苦手な方だったが、いつもであればあんな間抜けな態度はとっていなかったはず。

――やっぱり、あの少女と会ってから自分の調子はくるいっぱなしだ。

静は恥ずかしさにうつむいたままきゅっと唇を噛んだ。

「さて、結局のところこの星はいったいどこへ流れてしまったのか……。そして次はどこへ現れるのかな」

学園長の口ぶりには、どこか楽しむような響きがあった。

*

お城までやってくると、開けっ放しの入り口が私を出迎えた。

門番もいなければ動く石像《ガーゴイル》もいない。魔法使いのお城なのになんと不用心なことだろう。ちょっぴり期待してたのに……。

いや、そんなのにお出迎えされたらたまったものじゃないんだけど。

入ってすぐが広いホールになっていて、私はそこで声をかけてみた。

「すみませーん、誰かいませんかー」

しばらく待ってみたけど、返事はなかった。

もしかして広すぎて聞こえないのかな？　うん、そうに違いない。だから中に入るのは仕方ないことなのだ。そうなのだ。

「というわけで、お邪魔しまーす」

私は意気揚々《ようよう》とお城の中に入っていった。

ホールの階段を上がって、二階に行くとそこには長い長い廊下が続いていた。

片側は窓、反対側には等間隔に扉が並んでいる。

「勝手に入ったら怒られる……よね」

一つずつ扉を開けて中を覗《のぞ》いてみたいという欲求にかられながらも、私は廊下を進んでみることにした。

「そこのあなた、お待ちなさい」

「うひょあっ」

急に背後から声がかかって、私の口からは変な悲鳴が飛び出した。

振り返ると茶色のローブを着た年輩の女性がいた。

ローブの色も違うし体格も声も違うので、私が追いかけてきた人とは別人だろう。

ビシッと伸びた背筋とは裏腹にオールバックにひっつめた髪は見事なくらいに白かった。

この人がお城の大魔法使いだろうか？

うーん、なんか違う気がする。服も質素な感じだし、どちらかと言えばここに仕《つか》えてる人だろう。そして年齢や態度からするとそこそこ偉い人だ。清潔さにはうるさい人で、常にお城の中をクリーンに、シーツは真っ白でなければ気が済まないのだ。そんなわけでメイドたちには〝ミズ・ホワイト〟と呼ばれ恐れられている——。

「なぜこんなところにいるのですか。授業はどうしたのです？」

いけないいけない。また空想にトリップしてた。

怖い顔をしながらやってきたミズ・ホワイトは、私のことを観察するとさらに眉間《みけん》にシワを寄せた。

「その制服……あなた、他校の方ですか？」

「は、はい！　そうです！」

私が答えると、ミズ・ホワイトの眉間からいくらかシワが消えたようだった。

「それは失礼しました。しかし今は授業中です。あまり校内をうろつかれては困ります」

「はいっ、すみませんっ」

ん？　授業中？　校内？

ということは、ここって学校なのかな？

〝カーン　カーン　カーン〟

その時、ホールに鐘《かね》の音が響き渡った。

それを合図にあちこちの部屋から女の子が姿を見せる。

歳は私とそう変わらないくらい。みんな同じ制服を着ていることからすると、やっぱりここは学校なのだろう。となるとメイド長じゃなくて先生？

「ああ、カザンさん。ちょうど良いところに」

ミズ・ホワイトが一人の生徒を呼び止めた。

「ん？　なんだい、先生」

少しだらしなく着崩した制服、あまり手入れしていない髪、だけど瞳は強い意思を秘めたように爛々《らんらん》と輝いている。野生の獣《けもの》みたいな雰囲気の女の子だった。

「こちらの方は、あなたのご同輩でしょう」

「うちの……？」

カザンと呼ばれた女の子は私のことを睨《ね》めつけるように観察すると。

「……いや、知らねぇ顔だ」

「諸国連合の方ではないのですか？　では、いったいどこの……」

ジワリと背筋を冷たい汗が流れた。

「見たことねぇ制服だな。てめぇ、どこのもんだ？　つーか、あやしいな。とくにその大事そうに抱えてる荷物とか」

「うっ……！」

獲物《えもの》を狙《ねら》うような目が私のカバンと紙袋に注がれる。

「こ、これはダメですっ」

そうだ。〝これ〟はあの子に届けないといけない。だから――

「さ……」

「さ……？」

「さよなら！」

私は逃げた。そりゃあもう脱兎《だっと》のごとく、反対方向に全速力で駆け出した。

「テ、テメェ待ちやがれ！」

一瞬、呆気《あっけ》にとられていた野性味ガールだったけど、慌《あわ》てて追いかけてくる。

ていうか顔！　超怖いんですけど！

「うわあああん！　待てませええええん！」

＊

学園長室を出た静は城内がずいぶんと騒がしいことに気づいた。

見れば、廊下の向こうから何やらものすごい勢いでこちらに走ってくる。

「なんですの……？」

静はジッと目をこらす。

廊下を爆走する二人の人物。追いかけている方はすぐにわかった。

短期留学生のユーミリア・カザンだ。

そのワイルドな雰囲気で一部の生徒には人気があるらしいが、静に言わせれば粗忽《そこつ》で不作法、ついでに野蛮。しかもいずれは〝敵〟になる相手だ。仲良くする謂《いわ》れなどない。

もう一人、そのカザンから必死の形相《ぎょうそう》で逃げている少女にも見覚えが——

「ひいいいん！　来ないでえええええ！」

静がなんとか思い出そうとしている間に、目の前を二人がびゅんと駆け抜けていく。

後ろ姿しか見ていないからすぐには思い出せなかった。だけど、間違いない。さっき路地裏で話した少女だ。まさか自分を追ってきた？　でも、どうやって？　あの『扉』は事前に登録された人間でなければ開けないはず。

「いいえ、そんなことよりも……！」

そう重要なのは彼女が抱えていた〝紙袋〟の方だ。

「返してくださいませ！」

静は叫んで二人の後を追いかけた。

＊

逃げて逃げて、逃げまくった私はなんとか追っ手を振り切ることに成功していた。

運動神経は壊滅的だが、これでも走るのだけはそこそこ自信があるのだ。

それもこれも日頃の逃げ癖のたまものだ。いや、あんまり自慢できたことじゃないけど。

ただ、一つだけ問題があった。

逃げることに特化した分、周りをまったく見ていない。つまり道順を覚えることができないのだ。とにかく本能の赴《おもむ》くままに右へ左へ東へ西へ。その辺の隙間だろうが穴だろうがなんでもすり抜ける。そしてこんな風に、気づけば自分がどこにいるかわからなくなっているのだ。

「えーと……ここ、どこだろ？」

とりあえず、お城の外だということはわかる。

ただ、こんな竹林なんてお城の周りにあったっけ……？

私は疑問に思いながらも竹林を進んだ。すると、竹林の先に開けた場所を見つけた。

そこには、今どきめずらしい藁葺《わらぶ》きの小屋があった。しかも小屋の側《そば》には畑まである。

さっきまで西洋風のお城の中を走り回っていたのに今度は純和風の庵《いおり》だ。

小屋の外に干してある大根を目眩がするような気分で眺めていると。

「おや、客とはめずらしい」

振り返ると、そこに女の人がいた。

流れるようなウェーブの髪にキリッとした眉、二十代の半ばくらいだろうか、冴子さんのようなキャリアウーマンというのとはまた違う妖艶《ようえん》な魅力が溢れる美女だ。

ただし、麦わら帽子に手ぬぐいを首からかけて大きな鍬《くわ》を肩に担《かつ》いだザ・農作業スタイルでなければ、だけど。

「ここまで入り込んだ生徒は久しぶりだ。なんの『原書』と契約したのか……む」

私のことを観察していた農作業美女が不意に眉を寄せた。

「……なるほど。そうか、そういうことか！」

私のことをジーッと観察したかと思えば、今度は嬉しそうに声をあげる。

できれば一人で納得してないでほしいんですけど。

「あ、あのっ！　私、女の子に会って！　落とし物を届けたくてっ、追いかけたら、図書館が入り口で、それで気づいたらここにいて、あのっ」

「落ち着きなさい。ひとまず中に入って。お茶でも飲みながらゆっくりと聞かせてくれたまえ」

*

「くそ……どこ行きやがったアイツ……」

中庭で、カザンは大きく息をついた。

追いかけていた娘はだいぶ前に見失っている。あの娘ときたらとにかくすばしっこい。

決して足が速いわけでもないのに、あっちへこっちへ走り回りおまけに隙間を見つけてはそこに潜り込む。行動が予想外すぎて追い切れない。まるで灰色ネズミのようなやつだ。

「くそ、こんなことならさっさと魔法で仕留《しと》めちまえばよかったぜ」

「それはなりません」

舌打ちまじりに吐き捨てたカザンを聞き覚えのある声が止める。

「静か……学園長直々《じきじき》の用事ってやつは終わったのか」

「なぜ、あなたがそれを知っているのかについてはのちほどお聞きします。それより、あの娘を傷つけることは許しません」

「へぇ、そいつはどういう理由か聞かせてほしいな」

「それは……」

静が一瞬口ごもる。

「か、彼女が〝あちら側〟の人間だからです」

「〝あちら側〟……だと？」

カザンは思わず静の言葉を繰り返していた。そのくらい、イレギュラーな出来事だった。

だが、おそらくそれだけではない。

カザンの直感が告げている。静はまだなにかを隠している、と。

「わかった。だったらなおのこと急いでアイツをふん捕まえないとな！」

「え？　いえ、そうではなくて……」

「まあまあ遠慮すんな。これも一宿一飯《いっしゅくいっぱん》の恩義ってヤツだ」

「あ、ちょっとカザンさん！　お待ちなさい！　人の話を聞きなさい！」

追いすがる静を無視してカザンは悠々《ゆうゆう》と歩き出した。

「……なるほど。オリーブ色のローブの人物を追いかけていて気づけばお城の前にいた……と」

＊

農業美女はズズッとお茶を一口すすり、私に言った。

あれから庵の中に通された私はお茶と漬け物でもてなされながら、ひとまずファストフード店での出会いから今まで自分に起こった出来事について説明した。

「きみが出会ったのはここの生徒で間違いないだろう。オリーブ色のローブは学園の正装の一つだ。〝あちら側〟へ行く時には必ず身につける決まりになっている」

「あのっ、それでここはま、魔法の——」

「待ちたまえ。次は私が質問をする番だ」

前のめりになる私を制して、農業美女は私をジッと見つめる。まるでこちらを見透かそうとするかのような視線に、私は思わずうっと呻《うめ》く。

「その『本』だが、それはきみのものか？」

「え……あ、はい。えっと、私のものっていうか、いつの間にか家にあったというか、今日も気づいたらカバンの中に入ってて……」

「なるほど、そういうことか。……面白い。実に面白いぞ！」

美女はなにやらひとりで盛り上がっていた。

できれば私にも説明してほしい。ていうか、いろいろ聞きたいことが山積みだった。

本のこともそうだし、学校らしきこの場所のことも、それから――

「そうだ！　私、届け物があったんです！」

ここがどういう場所か知りたかったけど、まずはあの子にこれを届けないといけない。

「よろしい。彼女は私が呼んでこよう。きみは……そうだな、風呂にでも入ってゆっくりしていたまえ」

「お風呂、ですか？」

なぜ、急にお風呂なのだろうか。

「久しぶりのお客様だ。ぜひもてなしたい。おもてなしの心は日本人の美徳の一つだろう。私の庵《いおり》の自慢はお茶と畑の野菜で作った漬け物と、それから露天風呂だ」

「はぁ……」

なんとなく言いたいことはわかる。要するに露天風呂を自慢したいのだろう。

それに、逃げ回ってかいた汗を流せるのは純粋に嬉しい。

「じゃあ、お言葉に甘えて……」

「うむ。遠慮なくつろいでくれたまえ」

そう言うと、農業美女は私を奥の部屋に案内してくれた。

そこは広々とした脱衣所だった。壁には四角く区切った棚が並んでいて一つずつに脱衣籠が置かれている。まさに旅館のようだ。

「荷物はこちらへ。服は洗濯しておこう。なに魔法であっという間だ」

「あ、はい。お願いします」

さすが魔法だと感心しながら、汗と埃《ほこり》にまみれた服を脱ぎ去ってお風呂場に足を踏み入れた。

「わぁ……すごい！」

石造りの露天風呂だった。しかも広い。ものすごく広い。ていうか、どう考えても俺のサイズと合ってない。

「では、ゆるりと楽しみたまえ」

そんな言葉を残して農業美女は去っていった。


「はふぅ……」

湯船に肩まで浸《つ》かると、全身から何かいろいろ流れ出していくみたいな気がした。

「逃げ出して……魔法使いに出会って、魔法の世界に迷い込んで、そこでまた逃げて……」

とにかく今日はいろんなことがあった。

今だけ、少しだけ気を抜いてもいいはず――

〝ズガアアアアアアンッ！〟

いきなり、露天風呂が爆発した。

「あぶぼばばっ!?」

爆発の余波で押し寄せるお湯の波に巻き込まれ翻弄《ほんろう》される私。

水揚げされた魚みたいに石畳の上に投げ出された私だったけど、なんとか顔を上げて爆心地に目をこらす。すると、湯けむりの向こうからなにやら不吉な笑い声が聞こえてきた。

「くっくっく……やぁっと見つけたぜぇ」

そこにいたのは、さっきのカザンとかいうワイルド系女子だった。

「うきゃあああああっ！」

どうやらお風呂が爆発したのではなくて、かのワイルド系女子が上から降ってきたらしい。

なんで⁉　なんで降ってくるの⁉　ていうかどうして傷一つないの⁉

「〝あちら側〟から紛れ込んだのなら学園長が気づかないわけがねぇ。ってことはここに〝招待〟されてるはず。アタシの読みが当たったな。おかげで静のやつを出し抜けた……って、もういねぇ⁉」

私は彼女がしゃべっている間に即行《そっこう》で脱衣所に避難していた。

「に、逃げなきゃ！　その前に服を――」

私はさっき脱いで籠に入れた制服を探す。

「って、服がない⁉」

そういえば、洗濯してくれてるんだった！

籠の中は空《から》っぽで、なぜかあの『本』だけがぽつんと一つ置いてあった。

「服がない！　本はある！　なにそれ⁉」

〝ドガアアアアアン！〟

すると、今度は脱衣所の入り口が吹き飛んだ。

「逃がさねぇぞぉ……！」

「ひいいいいいいっ！」

噴煙の向こうに、ギラリと光る眼が見えた気がして私は悲鳴をあげた。まるでホラー映画だ。

Q：すぐに逃げなければ死ぬという状況で自分が下着の一つも身につけていないすっぽんぽんだった場合どうするべきか？
備考：服はありませんが、大きめサイズの本が一冊あります。

そんな究極の選択を突きつけられた私は『本』で最低限の部分を隠して逃げることにした。

まさに前を隠して尻《しり》隠さず。生まれてはじめて幼児体型でよかったと思った。

なんとか『本』でギリギリ大事な部分を覆えるのだから。

「そいつは……！　やっぱりそうか、静が隠そうとしてたのはそういうわけか」

本で前を隠した私を見て、ワイルド系女子はなにやら納得したとばかりにニヤリと笑う。

そりゃあ隠すでしょうよ。裸なんだもん。

などとツッコミを入れている場合ではないので、この隙に私は脱衣所から庵の方へ続く扉に飛び込んだ。

「ふえっ⁉」

ところが、そこはさっきの藁葺きの庵ではなく、見覚えのある廊下だった。

なんと、私はさっきのお城に戻ってきていた。

しかも廊下には同じ制服を着た女の子たちが大勢いた。

そこへ現れた全裸（＋本）の少女。つまりは私。

「キャアアアッ⁉」

一瞬、何事かと私をマジマジ見ていた女の子が悲鳴をあげた。

「ち、ちがうんです！　こ、これは！」

「待ちやがれオラぁ！」

言い訳しようとしたのも束《つか》の間《ま》、さっきのワイルド系女子が後を追ってきた。

私はふたたび逃げるしかなかった。全裸で。

「だから逃げるなっつってんだろうがぁ！」

「嫌です！」

「んな格好で恥ずかしくねぇのか！」

「誰のせいだと⁉」

衆人環視《しゅうじんかんし》の中、お尻丸出しで逃げる気持ちがおわかりいただけるだろうか？

いや、わかられても困るけど。

ともあれ、私はただただ死にたくない一心で逃げた。

「チッ……！　相変わらずすばしっこいっ！　こうなったら――」

私を追うワイルド系女子が、急に立ち止まった。

諦《あきら》めた？　そう思って首だけで振り返った私は、見た。

手の中に現れた一冊の『本』。彼女はそれを高々と掲《かか》げて叫ぶ。

「いくぜ、『酒呑童子《しゆてんどうじ》』！」

直後、『本』が強い光を放った。

「きゃっ⁉」

あまりの眩《まぶ》しさに思わず立ち止まってしまった私がふたたび目を開けると、彼女の姿が一変してしまっていた。

髪は燃えるような赤に染まり、そこから二本のねじれた角が生えていた。

着崩した制服は胸と腰回りを覆うだけのビキニに。反面、腕と足には鎧《よろい》のようなものでがっちり守られている。だけど、なにより目をひくのは彼女の持つ、身長と同じくらいの長さの太刀《たち》だ。

刀。人を斬《き》るためのもの。

私はすぅっと血の気がひくのを感じた。

「見せてもらうぜ。そいつの力を――」

『鬼』に変身した少女が、その太刀をふりかざす。バチバチと目に見えるほどの雷が刀に集まっていく。

——逃げたい。

いつもの感情が私の中にわき上がる。

だけど動けない。怖くて震えて身体が思うようにならない。

「死にたくなけりゃ、そいつを使いな！　〝雷斬《らいきり》〟！」

振り下ろされた刀からのたうつ蛇のような雷が走るのを、私はスローモーションのように見ていた。

怖い。死にたくない。だって。

だって、まだあの子とお話ししてない！

「なっ⁉」

誰かの驚く声がした。

目を開けると、目の前に女の子がいた。

「わたくしの学園で狼藉《ろうぜき》は許しません」

十二単《じゅうにひとえ》みたいな着物を身に纏《まと》い、肩のところにふわふわと白い羽衣《はごろも》が浮かんでいる。足下に絡《から》みついた枝には翡翠《ひすい》色の宝玉がいくつも生《な》っていて、女の子が動く度にシャランシャランと鈴のような音を立てた。

「そんな怖い顔すんなよ。ちょっとばかり脅《おど》かしただけじゃねぇか。それに、見てみな」

鬼の女の子が、顎《あご》をしゃくるように私を示す。

「え……」

私の『本』が光っていた。それだけじゃない。私はいつの間にかドレスを着ていた。

だけどそのドレスは半透明で今にも消えそうに明滅していた。

「それは……まさか、あなた〝メドヘン〟……なの？」

女の子が驚いた様子で私を見おろしていた。

「えっと、わ、私は……」

何か言おうと口を開いた瞬間、頭がクラッとした。

力が入らない。手足が冷たくなっていくのとは反対に、身体の芯の部分が熱く火照《ほて》っている
みたいで、なんだか意識がはっきりしない。

「ちょ、あなた⁉」

メドヘンってなんだろう……。

ぼんやりとした頭で、私はそんなことを考えていた。

第二章

土御門静は揺るがない

継母《ままはは》といじわるな姉たちは、つらい仕事ばかりを娘に押しつけました。

だから娘の頭にはいつもかまどの灰がついていました。

娘は『灰かぶり』という意味の『シンデレラ』と呼ばれるようになったのです。


夢を見ていた。

どうして夢だとわかったかと言えば、もう死んでしまったお母さんが登場していたからだ。

お母さんはいつものように『本』を読んでいた。分厚くてとても難しそうな『本』だ。

まだ小さい私は構ってほしくて猫みたいに膝《ひざ》にじゃれついていた。

するとお母さんの手が私の頭を優しく撫《な》でてくれる。

柔らかくて温かい手が頭を、頬を、首筋を、肩関節を。

——ん？　肩関節？

それから肘《ひじ》を、足首を、お母さんはプロレスラーよろしく次々と私の関節を極《き》めていった。

――んんっ⁉　ちょ、ちょっとなにするのお母さん⁉

「ていうか、ギブ！　ギブ！　本気で死んじゃう！」

そんなツッコミと共に私は目を覚ました。

はて？　ここはどこだろう。

部屋の中であることは間違いない。薬品棚に事務机、清潔そうなシーツのベッドが二つと、それを仕切るカーテン、この雰囲気は……保健室？

でも、私の通っている高校の保健室とはあきらかに違う。

いや、そんなことよりもだ。なぜか私は後ろ手に縛《しば》られて太い棒に磔《はりつけ》にされていた。

「なんでええええっ⁉」

あんな夢を見た原因はどうやらコレのようだ。

夢とはいえ優しいお母さんがあんなに的確かつ無慈悲《むじひ》に関節を極めてくるなんておかしいと思ったんだ。

「ようやく目が覚めた」

やけに感情のこもらない声がした。

私は咄嗟《とっさ》に声の方向を見ようとして、

〝グキッ〟

「あだだだっ！」

縛られてて首が回らなかった。なんという二次災害。

「あ、あのっ、どなたか存じませんが、ほどいていただけると……」

「それはできない」

その人は私のお願いをにべもなく断ると、縛りつけている縄をさらにキツく締め上げた。

「あうっ……！　な、なんでこんなことを……」

「それは、あなたが罪を犯したから」

声の主《ぬし》は正面に回ったことで、私はようやく〝彼女〟の顔を見ることができた。

歳の頃なら十歳ちょっとくらいだろうか。とっても小柄な女の子だった。

切り揃《そろ》えた前髪がよけいに幼さを感じさせる。

「あ、あのお嬢ちゃん、こういうイタズラは良くないと思うよ？」

「むかむか。罪状追加。処刑決定」

「ええっ⁉　い、いきなり⁉」

しょ、処刑って打ち首とか銃殺とか槍《やり》で突くとかいうアレのこと⁉

「方法は古来よりの伝統と格式にのっとって〝火あぶり〟です」

「なかでも残酷なやつきちゃった⁉」

ていうか、そんな老舗《しにせ》のこだわりみたいなのいらない！

「というわけで、これから刑を執行します」

「ちょ、ちょっと待ってください！　私、なにも悪いことしてないです！」

「罪人はみんなそう言う」

そう言うと、女の子は私の足下に七輪《しちりん》を設置して団扇《うちわ》であおぎはじめた。

「ふふふ……私を子供扱いした報《むく》い……」

「いやあああっ！　助けてえええええっ！」

足先に伝わる炭火の遠赤外線。このままでは外はこんがり中はじっくり芯《しん》まで火を通されてしまう！

「なにをやってますの……」

誰かの呆《あき》れたような声がした。

「ああっ、どなたか知りませんが助けてください！　私は無実なんです！　ていうか火あぶりだけはどうか！」

私が必死に懇願《こんがん》すると、その人は「ハァ……」と盛大に溜息をつく。

「加澄《かすみ》さん、いい加減にからかうのはおよしなさいな」

へ……からかう……？

「だいたい、わたくしはこの方がどこにも行かないように見張っておくようお願いしただけで、拷問《ごうもん》しろなどとはひとことも言っておりませんわよ」

「ちょっと盛り上げようかと思って」

「なにを盛り上げようというのですかまったく……」

女の子が溜息をつきながら片手を振ると、私を縛っていた縄がするりとほどける。

「鍵村《かぎむら》葉月《はづき》さん、わたくしと来てください」

「え……」

どうして私の名前を知ってるんだろう……？

疑問を浮かべながら目の前の女の子を見つめる。すると女の子はふっと私から視線をそらせたような気がした。


〝わたくしと来てください〟

そう言われるままに彼女の後について保健室を後にした。

見覚えのある長い廊下を黙々と歩いていると、だんだん冷静になってきたのか私の頭の中には次から次へと疑問がわいてくる。

ここはどこだろうとか、どこへ連れていかれるのかとか、私の荷物の行方《ゆくえ》だって気になるし、起きたら裸じゃなかったのはありがたいけど、この制服を私に着せたのはいったい誰なのか。

乙女としてそのあたり大いに気になる。

「あのぉ……どこへ、行くんですか？」

意を決して、一番無難なところを聞いてみた。

「ついてくればわかります」

なんともつれない言葉が返ってきた。

やっぱりなんだか避けられているような気がする。

もしかして、私って危ない人だと思われてるんじゃない⁉

命の危険があったとはいえ素っ裸でお城の中を駆け回ったわけだし、立場が逆なら私だってそんな人とどう接していいかわからない。ていうか、できるかぎり距離を置きたい。だって、そのまるで……痴女《ちじょ》……だし。

ああっ！　自分で言ってものすごいダメージが！

「あなた……なにをしてますの……」

ハッと気づくと、女の子が振り返って私のことを見ていた。それはもう珍妙な生き物と遭遇でもしたみたいな顔をして。

「……な、なんでもないです」

うう……このうえまた恥の上塗りをしてしまった。

何事もなかったかのようにふたたび歩き出す彼女の様子を後ろからうかがう。

それにしても、キレイな子だなぁ……。

こうして斜め後ろから覗き見る横顔は平安時代のお姫様みたいだった。

容姿だけじゃない。ピンと伸びた背筋や歩き方からも、気品が溢《あふ》れているというか思わず見《み》惚《と》れてしまいそうだ。

あ、そういえば名前聞いてない。

うーん、どうしよう。いきなり尋《たず》ねたら失礼かな？

でも、私の名前は知ってたんだし、名を尋ねるならまず自分から名乗れというあの法則にのっとってみれば必要な段階はクリアしてるんじゃないだろうか。

そうと決まればさっそく――

「着きましたわ」

「へあっ⁉」

まごついてるうちに目的地に辿《たど》り着いてしまったらしい。

私が内心でションボリしていると、彼女が大きな扉をノックする。

『入りたまえ』

部屋の中から声が聞こえてきた。同時に、目の前の扉が触れもせずにゆっくりと開いた。

中には立派な机と立派な調度品、それから立派なローブを着た女の人がいた。

うーん、なんとなく見覚えがあるような……。

「よく来てくれた。私が学園長の崇神《すがみ》だ。話をする前に、まずこれを返しておこう」

渡されたのは私のカバンと制服、それから――

「私の『本』！」

いつの間にか手元から消えていたあの不思議な『本』だった。

「なによりもまず『本』か……やはりきみは面白い」

学園長さんがニンマリと笑うのを見て、私はハッと気づいた。

「ああっ！　農家の人！」

そうだ、目の前の美女はあの庵で会った人だ。

「農家の人か、それはいい。趣味ではじめた農作業だが、様になってきたということかな」

農家の人あらため学園長はとっても嬉しそうだった。

「あの、学園長は彼女をご存じだったのですか……？」

すると、私をここまで連れてきてくれた女の子が意外そうな顔で聞く。

「ああ、先ほど私が作ったプライベート空間に迷い込んできたのだよ」

「学園長の結界を破ったというのですか⁉」

「驚くことではない。彼女が契約した原書はあの『シンデレラ』なのだ」

「っ⁉」

えっと、なにかマズいことをしてしまったんだろうか……。

よくわからないけど、私が学園長さんの作ったものを壊してしまった？

それから『シンデレラ』がどうのって……。あれだよね？『シンデレラ』ってあの有名な童話のことだよね？　それと何か関係があるんだろうか。

「ひとまず、我々の話はここまでだ。見たまえ、彼女がすっかり混乱している」

私が目をグルグルさせているのに気づいたのか、学園長さんはこちらに向き直ると、

「先ほどは名乗りもせずにすまなかった。きみはイレギュラーな方法で学園にやってきたので、我々も少しばかり対応に困っていたのだよ」

「はぁ……」

「あらためて歓迎しよう。鍵村葉月くん、『クズノハ女子魔法学園』へようこそ」

学園長さんは高らかに言った。

「魔法……いま、魔法って言いました？」

「その通りだ。ここは、若き魔法使いたちが集《つど》い学ぶ魔法学園だ」

魔法、学園……！

そうじゃないかなと思ってたし、そうだったらいいなと思ってた。

そんな期待がいま、確信に変わったのだ。

「じゃあ、学園長さんは魔法使い⁉」

「そうだ。正確には原書使いと――」

「あなたも魔法使い⁉」

「え⁉　ええ、まあ……」

「ここにいるのはみーんな魔法使い⁉」

私は歓喜の声をあげた。

だって、だって、物語の中にしかないような世界にいま、私は立っているんだ！

「一つ、つけ加えるなら……鍵村葉月くん、きみもまた魔法使いなのだよ」

「ふへっ？」

私が、魔法使い？

その言葉の意味を理解するより先に、女の子が声をあげて学園長さんに詰め寄った。

「いけません学園長！」

「我々には時間も戦力も足りない。『シンデレラ』ほどの原書を黙って見逃すわけにはいかない。それはきみが一番よくわかっているのではないか」

「そ、それは」

「あのぉ……私が魔法使いって、どういうことでしょうか？」

「きみはその『シンデレラ』と契約している。原書は契約者の願いを魔法というかたちで叶《かな》える。身に覚えがあるのではないか？」

そういえば、図書館では『本』が光ってこちら側へと連れてこられた。いや、私がこっちへ来たいと願ったんだ。それに体育倉庫の鍵《かぎ》が開いたりもした。怖い人に追いかけられた時も不思議と逃げ切ることができた。それが、すべて——

「この『本』の魔法？」

「そうだ。だが、今のままではただ魔法を垂れ流すばかりだ。無軌道な力はきみやきみの周囲に危険を及ぼすだろう」

「き、危険が……あぶない……」

興奮から一転、ちょっぴりビビる私だった。

「鍵村葉月くん、きみには二つの道がある。一つは原書との契約を打ち切り、すべてを忘れて元の生活に戻る道。もしくはこの学園で学び、正しき心を身につけた『原書使い』になるという道。なに、焦《あせ》ることはない。じっくり考えるといい。私は待つのは得意だ」

「はい！　なります！　魔法使いに！」

即答した私に、学園長は一瞬、言葉を失った。

「……私が言うのもなんだが、もう少しじっくり考えた方が良いのではないか」

「魔法使いになりたいです！　私、本気です！」

考える必要なんかない。だって私は、ずっと〝こういうの〟を待っていたんだ。

「……なるほど、決意は固いか。ならば、これを」

「へ……？」

学園長は引き出しからなにやら書類のようなものを取り出して、私に差し出した。

「あの……これ、なんですか？」

「見ての通り転校手続きの書類だ。そこに親御さんの署名と捺印《なついん》を。あと、今の学校からは成績証明と単位認定書をもらってきたまえ。ああ、そうだ。住民票も忘れずに」

「え？　え？」

ちょっと待って。なにか、思ってたのと違う。

「あのぉ……つかぬことを伺《うかが》いますが」

「なんだね」

「ここって、魔法の世界なんですよね？　住民票とか今の学校の書類とか、どうして必要なんでしょう？」

私はおそるおそる尋ねた。すると、

「きみは何か勘違いしているようだ。言っておくが、ここは日本の東京都だ。そしてクズノハ女子魔法学園は文科省が正式に認めた高等学校だ」

「え……えええええええええっ!?」

で、でも、だって！　図書館からびゅーんて飛ばされてきたし！

今流行《はや》りの異世界とか普通思うでしょ！

「ちなみに千代田区《ちよだく》だ」

ご近所！　すごくご近所です！

なんだろう、このファンタジー感台無しな事実は……。

ちょっと待って。ということは、私は冴子さんにこのことを話さなきゃいけないってこと!?

む、無理だ。そんなの。

「どうやらきみにも事情があるようだ。ふむ……では、仮編入というのはどうだ？」

よほど私が絶望的な顔をしていたのか、学園長さんが気を回して提案してくれた。

「そちらの学校が終わった後、部活のつもりで通えばいい。つまりはお試し期間というわけだ」

そうか、ちゃんと魔法が使えるようになって、実際に冴子《さえこ》さんの目の前で使ってみせれば説得することもできるかもしれない。

「じゃあ……それで」

「よろしい。決まりだ。今日はもう遅い。特別授業は明日からということで……静くん、彼女をあちら側まで送ってあげたまえ」

「……かしこまりました」

案内されたのは、大きなホールのような場所だった。

奇妙なことに天井までたくさんの扉が並んでいる。

「こちらですわ」

壁一面の扉に圧倒されて思わず見上げていた私を、彼女が促《うなが》した。

部屋の中心に設置された台座にはなにやら数字や記号を決めるダイヤルのようなものがついている。それを操作しながら彼女が聞いてくる。

「戻るのは図書館でよろしくて？」

「あ、はい」

図書館というのは、私がオリーブ色のローブの人を追いかけて辿り着いた図書館のことだろうと咄嗟《とっさ》に思って返事をした。すると彼女は、

「やはり、後をつけていましたのね」

「へ？　あれ？」

この口調、この態度……

「ああっ！　じゃ、じゃあ、あなたがオリーブ色のローブの人！」

「やっと気づきましたのね。あなた、見た目以上に鈍《にぶ》いですわね」

うう……なんてことだろう。

いろんなことがありすぎて、今の今までぜんぜん思いも寄らなかった。

目の前にいる美少女が私が追いかけてきた人物だったなんて。

そうだ！　あの紙袋！

って、きっとお風呂と一緒に吹き飛ばされちゃってるよね……。

「準備できましたわよ」

〝ゴゴゴゴゴッ〟

重たい音を立てて扉が一斉に動きだした。

まるでパズルのように壁一面の扉がその位置を入れ替えていく。やがて私たちの前に大きくて立派な木の扉がやってくる。

「本来であれば、こちらとあちらはそう気安く行き来してはいけないことになっていますの。今回は特例でしばらく図書館とこちらを繫《つな》げたままにしておきます。その本を持って書架の前で〝machen《マッヘン》〟と唱えてくださいな。そうすれば〝扉〟が開きますわ。明日からはご自分で来てくださいませ」

「は、はい」

美少女は少し早口に説明をしてくれる。

今だ。今しかない。ちゃんと名前を聞かなきゃ。

「あ、あの！」

「はい？」

「な、名前……聞いてもいい？」

美少女は少し驚いた様子で私を見る。

「土御門静《つちみかどしずか》……ですわ」

私が出会った魔法使いの女の子は、見た目通りの古風で気品のある名前だった。


翌日、学校が終わるとすぐに図書館へ向かった。

昨日あれだけ興奮した雰囲気のある図書館も、書架に並んだたくさんの本も今はほとんど目に入らない。

だって、これから行くのはもっとすごいところだから！

「確か書架の前に立って呪文を唱えるんだったよね……」

ゆうべのうちに何度も練習した呪文。いざ口にしようとすると、少し緊張する。

「えーと……ま、まっへん！」

〝ゴゴゴゴゴゴッ〟

ちょっと声がうわずってしまったけど、ちゃんと開いてくれた。

昨日のように無理矢理吸い込まれることもなく、開いた扉の向こうは夜の海みたいに揺らめいている。

「お、お邪魔しまーす……」

私はゴクリと唾《つば》を飲み込んでから扉の中に足を踏み入れた。

昨日も来たあの扉だらけのホールにやってくると、私が来ることがあらかじめわかっていたみたいに土御門さんが待っていてくれた。

「お待ちしておりましたわ。さあ、こちらへ」

「あ、はい」

言われるまま、彼女の後についてお城みたいな校舎内を歩いていく。

窓から覗くと、教室の中では同じ制服を着た女の子たちが勉強していた。チョークがひとりでに動いて筆記したり、魔法の薬を調合していたりとか、そういうのを期待してたけど案外普通の授業風景だ。

「あれ？　土御門さんは授業受けなくていいの？」

「学園長よりあなたがたの指導をするよう言われておりますから。それにわたくしは本年度の単位はすべて取得済みです」

へぇ、すごく優秀なんだ。そこもやっぱり見た目通りだ。

しばらく廊下を歩いて辿り着いたのはごくごく普通の、どこの学校にでもありそうな三角屋根の体育館だった。

「なんか、すごく普通だね……」

「体育館など、どこも同じでしょう？」

いや、そうなんだけど。魔法の学校なんだからちょっとは期待しちゃうよね？

先に〝動きやすい服〟に着替えろと言われたので、まずは更衣室で着替えることに。

ところが、学園長さんからもらったその〝動きやすい服〟というのが、ちょっとばかり難儀な代物《しろもの》で、私はなかなか更衣室を出ることができずにいた。すると土御門さんがちょっぴり怖い顔で私を呼びに来る。

「遅いですわよ、鍵村さん。いったいなにをしてらっしゃいましたの」

「ご、ごめんなさい。だけど、これ……」

私は居心地悪く太ももをモジモジさせる。

だって、用意された体操着というのがよりによって〝ブルマ〟だったからだ。

「ねえ、ほんとにこれって体操着なの？」

「もちろんです。クズノハ女子魔法学園の伝統的な衣装の一つですわ」

土御門さんはいたって真剣な様子で答える。

伝統と言われては反論のしようがなかった。それにしても、昔はこんな下着とほとんど変わらないような代物が、体操着としてまかり通っていたとか信じられない。

「鍵村さんには、この春に同じようにメドヘンになった方々と一緒に訓練を受けてもらいます」

「メドヘン……？」

きのうも耳にした謎の言葉に、私は思わず繰り返した。

「そうでしたわね。まずはそこから説明するべきでした」

土御門さんは小さく溜息をついて、

「『メドヘン』とは見習いという意味です。いずれ立派な『原書使い』として世に出るため、この学園で研鑽《けんさん》を積む乙女たちを『メドヘン』と呼んでいます」

つまりは魔法使いの弟子ってことかな。などとぼんやり理解する。

「鍵村さんには、同じメドヘンたちと一緒に訓練をしていただきます。同じと言ってもこの春入学した方たちですから、鍵村さんより半年ほど〝先輩〟です。追いつくのは大変でしょうけど、がんばってください」

「は、はいっ。がんばります！」


やる気満々の返事をして体育館にやってきた私は、その〝先輩〟たちと対面を果たした。

歳の頃なら、私より三つか四つは下の女の子たちが、お揃いのえんじ色のブルマを穿《は》いて待ち構えていた。

小学生……せいぜい中学生くらい。みんな、私より頭一つ分は小さい。

年下の子たちに交《ま》じって訓練をすることにやや気後《きおく》れしていると、土御門さんが私を紹介しはじめた。

「今日からこの訓練に加わる鍵村葉月さんです。彼女は魔法使いの血筋ではありませんが、みなさんと同じメドヘンとして共に訓練を受けていただきます」

土御門さんの紹介で、女の子たちの間にあからさまに動揺が広がる。

「魔法使いじゃないって……」

「じゃあ、あっちの世界から来たってこと？」

「ウソ、私はじめて見たわ」

ヒソヒソと話す声が聞こえてくる。みんな、私のことを珍獣みたいに見ている。

そんなアウェーな空気などお構いなしに、土御門さんがさっそくはじめた。

「では、みなさん『ブーフ・ヒュレ』を！」

「「はいっ！」」

またも耳慣れない言葉が飛び出したかと思うと、女の子たちが一斉に本を掲《かか》げた。

次の瞬間、彼女たちの本は光の粒子になってそれぞれの身体を覆《おお》った。

光がおさまった後、女の子たちの着ている服はブルマから一変していた。

「これが『ブーフ・ヒュレ』です。メドヘンが最初に覚える魔法であり、最後までお世話になる魔法です」

土御門さんが言った。

だけど私は彼女の言葉の半分も聞こえていなかった。

ブーフナントカという難しい名前はよくわからない。だけど確かにそれは最初に覚えるべきだろう。

だって、今目の前で起こったのは、いわゆるひとつの〝変身〟だったから。

「すごい！　魔法使いの学校だから、てっきりハ〇ーポッターかと思ってたけど、魔法少女ものだったんだ！　これはあれかな？　ニチアサ系かな？　それとも最近流行《はや》りのシリアスバトルものかな⁉」

「ニチアサ……？」

「……はっ⁉」

興奮のあまりベラベラといろんなことをしゃべってしまった私に、たくさんの視線が集まる。

「い、いえ、なんでもない……デス」

いけないいけない。土御門さん、一般人っぽいし、あまりオタクっぽい話をしたらどん引きされちゃうかも。

別に私だってオタクってわけじゃないもの。ただ、漫画とかラノベも読む影響で、ちょっとだけそういうのに詳しくなっただけなんだから。

「『ブーフ・ヒュレ』は『原書』を身に纏《まと》い、己《おのれ》と一体化することで魔法の力を効率よく引き出すための魔法です。言わば初歩の初歩。鍵村さんには、まずこの魔法を覚えていただきます」

「はい！　がんばります！」

私は力いっぱい答えた。

魔法使いで、おまけに変身できるなんてそれこそ夢のようだ。絶対にできるようになりたい。

他の子たちにひとまず自主訓練を指示してから、土御門さんは私とマンツーマンで向き合う。

「では、もう一度わたくしがお手本を見せます」

土御門さんの手の中に一瞬で『本』が現れた。

「わわっ⁉」

「言い忘れていましたが、ブーフ・ヒュレを覚えれば、このように『原書』を自由に出し入れできるようになります」

おおっ、これは便利だ。

この『原書』というやつは大きくて分厚くて、おまけに重い。今日一日持ち歩いてみてわかったのはとにかく〝邪魔〟ということだ。

次に、土御門さんは自分の『原書』を高々と掲げて叫んだ。

「疾《と》く、その力を我が身に宿したまえ……『かぐや姫』！」

土御門さんが『原書』の名を呼んだ瞬間、『原書』が光を放った。

光の塊《かたまり》になった原書は、まるで糸がほどけるようにバラバラになって土御門さんの身体を繭《まゆ》のように覆っていく。あっという間に土御門さんの姿は一変していた。

「わぁ……！」

私は思わず感嘆《かんたん》の声をあげた。

さっき見たのとは比べものにならない、すごい〝変身〟だった。

土御門さんによく似合っていた青い制服は影も形もない。色とりどりの布を何枚も重ねた鮮やかな十二単《じゅうにひとえ》に白い天女《てんにょ》のような羽衣《はごろも》、着物の裾《すそ》は足下で広がってまるで大輪の花のようだ。

荘厳《そうごん》で豪華絢爛《けんらん》、まさに『かぐや姫』にピッタリの姿だった。

他の子たちも土御門さんの変身した姿にウットリと見とれている。

自分もあんな風になりたい。キレイで、力強い、自信に満ち溢れた姿に変わりたい。

誰もがそんな目をしている。

ていうか、この姿……鬼の女の子から私を助けてくれた人だ！

「では、鍵村さんもやってみてくださいませ」

「は、はい！」

お礼を言わなきゃと思いつつもタイミングを逃してしまったまま、私は『原書』を掲げる。

「いきます！　はぁっ……！」

そうやって気合いを一発こめたところではたと気づく——

「……あの、呪文みたいなのはなんて言えば？」

土御門さんの膝《ひざ》がコントみたいにガクッと落ちた。

「呪文とは精神を高揚《こうよう》させるためのきっかけにすぎません」

「つまり、なんでもいいと？」

土御門さんがうなずく。

自由にしろと言われると逆に困ってしまう。なにせ私は筋金入りのマニュアル派なのだ。ゲームをする前にはじっくり取説《トリセツ》を読んで操作方法やら世界観やらを頭に入れてからプレイする。

RPGでもダンジョンではすべての宝箱を取らないと気が済まないし、イベントも見逃したくないので攻略サイトはきっちりチェックする。たまにそれでネタバレを踏んでしまうけど。

「難しく考えることはありません。『原書』と契約した者ならば、誰でもできる魔法です」

誰でもできると言われてしまったら仕方ない。とりあえず土御門さんみたいにやってみよう。

「えっと……こうやって本を掲げて……へんッ、しんッ！」

……なんちゃって。

まあ、なにも起こりませんよね……うん、わかってたよ。

「適当に真似をしただけでは『原書』は応《こた》えてくれませんわよ」

土御門さんに釘を刺されてしまった。どうやらバレバレだったらしい。

「とにかくもう一度、緊張せずにもっと原書に身をゆだねるつもりでやってください」

「は、はい」

私は言われるままに、もう一度『原書』を掲げた。

「えいっ！」

お願い、私を変身させて！

神様に祈るような気持ちで心の中で『シンデレラ』に呼びかける。

だけど、何も起こらない。

「とぉっ！　やぁっ！」

何度も、何度も繰り返してみたけど変身どころか『シンデレラ』は微塵《みじん》も反応してくれないまま時間だけが過ぎていった。

そのうち、女の子たちからクスクスという笑い声が聞こえてくるようになっていた。

恥ずかしさに頬が熱くなる。

こういう空気を私はよく知っていた。

田舎からあの高級マンションに引っ越してきた時、東京の高校に転入して最初の授業で自己紹介をした時。好奇心が八割、残りは緊張して上手《うま》くしゃべれない私を面白がるような笑い。

「鍵村さん、もっと集中して、自分が『シンデレラ』になったつもりで」

そんな空気を知ってか知らずか、土御門さんが私に発破《はっぱ》をかける。

その途端、誰かが声をあげた。

「『シンデレラ』ですって……⁉」

見れば、自主練に勤《いそ》しんでいた女の子たちの視線がふたたび集まっていた。

「『シンデレラ』ってほんと？」

「そんなすごい『原書』がどうしてあんな人に……」

「きっと何かの間違いよ」

ヒソヒソと話す声が聞こえてくる。

「あ……ダメ……」

〝ドクンッ〟

心臓が大きく跳ねた。まただ。また〝アレ〟がくる。

動悸《どうき》に息切れ、身体の芯がスーッと冷たくなっていくけど逆に嫌な汗が止まらない。

本を、本を読まなければ――

「鍵村さん……鍵村さん！」

不意に名前を呼ばれて、私はハッとなって顔をあげた。

「あ……土御門さん……」

「ビックリしましたわ。急に、苦しそうにして……」

土御門さんが心配そうに私の顔を覗き込んでいた。

「具合が悪いのでしたら保健室にお連れしますが」

「う、ううん。大丈夫……」

不思議なことに動悸も息切れもおさまっていた。いつもなら『物語症候群』は、本を読まなければおさまらないのに。それは私にとって驚くべき出来事だった。


その日、私は日が暮れる直前まで練習を続けた。

だけどついに一度も変身することができなかった。

最大の成果は一瞬だけ『原書』が消えたこと。その後、私の頭の上に落っこちてきたけど。

他の子たちがとっくに引き上げてしまった後、夕暮れに染まる体育館で私はうなだれていた。

ずっと年下の子たちが空を飛んだり火の玉を出したり、易々《やすやす》と魔法を使っているのを横目に、私はただひたすら本を振り回していただけだった。

それに付き合わされた土御門さんには申し訳なくて申し訳なくて、もはやまともに顔を見ることさえできなかった。

「ご、ごめんなさい……私、ぜんぜんダメダメで……」

絞り出すように謝罪の言葉を口にするのが精一杯だった。

すると、土御門さんの手が私の肩に触れる。

「大丈夫、焦ることはありませんわ。わたくしがついています。ゆっくり少しずつやっていきましょう」

土御門さんは微笑みながら言った。

胸がスッと軽くなったような気がした。

同時に、今まで感じたことのない感情がわき上がってくる。

それがどういうものかはわからない。だけど、確かにこの人は今まで会った誰とも違う――そんな確信だけはあった。


帰り支度を整えた頃にはすっかり日が暮れていた。

昨日と同じように扉の間《ま》へとやってくると、土御門さんは慣れた様子で台座を操作してここ
とあちらの扉を繋ぐ作業をはじめた。

私はそんな土御門さんを横目に見ながら、ソワソワと落ち着かない。

どうしよう、なにか、なにか言わなきゃ……。

ありがとうとか、よろしくお願いしますとか、がんばりますとか、とにかくなんでもいい。

今日のこの時間が、私にとってすごく嬉しいものだったことを伝えたい。

自分でも変なことにこだわってると思うけど、とにかくそうしたかった。

「準備できましたわ」

無数の扉がスライドし、あちらの世界への通路が開いた。

私は、扉に向かって歩きはじめる。

――彼女と友達になりたい。

理由はわからないけど、強くそう思った。

「つ……土御門さん！」

「え？」

勇気を振り絞って振り返る。

「た、助けてくれてありがとう！」

土御門さんはなんのことかわからず目を瞬《しばたた》かせる。でも、すぐに気づいて、

「わたくしの方こそお礼を言わなければなりません」

「へ……？」

私、なにかしたっけ？

「紙袋、届けに来てくださったのでしょう？　ちゃんと受け取りましたから」

「あ……うん！　よかった！」

私が笑うと、つられたように土御門さんも微笑んだ。

なぜか、頬が熱くてたまらなかった。

翌日、私はウキウキしながら図書館の扉をくぐった。

そこには昨日と同じように土御門さんが待っていた。

土御門さんは私の姿を見つけると小さく手を振ってくる。

なんだか休日に待ち合わせをした友達みたいで嬉しい。

「昨日、あれからいろいろ考えましたの」

「へ……」

「おそらく、鍵村さんに足りないのは自分が魔法使いになったという自覚だと思います。今日はわたくしがマンツーマンでじっくり教えて差し上げます。そのためにいろいろ準備してきましたの」

土御門さんはどこか自慢げに大きな荷物を見せてくる。

「さあ、時間が勿体《もったい》ないですわ。行きましょう」

「……うん！」


昨日と同じように体育館へ場所を移すと、さっそく土御門さんが荷物の中身を並べはじめた。

それは一見すると子供のオモチャのようなものばかりだった。

光線銃だったり子供サイズのギターだったり、もはや何に使うのかもよくわからない物もたくさんあった。

「これは、小さい子供でも使える魔法のオモチャですわ。今日はこれを使って練習します」

やっぱりオモチャだったらしい。

「つまり、赤ちゃんレベルからやり直せと……」

「そ、そういう意味ではありませんわ！」

昨日の今日にして一気に特訓のレベルが下がってしまったことにずーんと落ち込んでいると、慌てて土御門さんが説明してくれる。

「わたくし、鍵村さんはまだ魔法に対して馴染《なじ》みが薄いのではないかと思います。当然ですわ。つい先日まで魔法が実在することを知らなかったのですから」

「馴染み、ですか……」

「実際のところ、鍵村さんはご自分が魔法を使えると思いますか？」

「えっと、それは……なんとなく無理って気がします」

土御門さんの言葉に私は素直に答えた。

この目で魔法を見た後でもにわかには信じがたい。まして、自分が魔法使いになったと言われて信じられるわけがなかった。

「ですから、まずはごく簡単な魔法を使ってみましょう！」

気を取り直したところで、オモチャの山からひとつを選ぶことに。

どれがいいかなぁと、いろいろ見ていると私の目に留《と》まったものがあった。

それはいわゆる魔法のステッキだ。日曜朝のアニメで魔法少女が持っているやつだ。

どちらかと言えば、アニメを見た女の子向けに玩具《がんぐ》メーカーが販売したようなちょっぴりチープな作りだ。棒の先端に星がついていたりしてなんだか可愛らしい。

「あっ」

私がそのステッキを手に取ると、なぜか土御門さんが慌てはじめる。

「そ、そんな古くさいのより、もっと他のにしてはいかがです？　ほら、こっちのなんて最新式ですわよ。タッチパネルでいろんな魔法を選べますわ。聞いたところによると、いま一番売れているそうです」

そういうのも今風でカッコいいと思うんだけど、やっぱり私の中で魔法といえばこれだ。

「これならイメージしやすいと思うんだけど……ダメ、かな？」

「い、いえ、もちろんダメでは……」

なんでそんなにソワソワしているんだろうと、私はあらためてステッキを見てみた。

他のオモチャよりずっと古くて使い込まれている。よく見れば柄のところになにやらマジックで書いていた跡がある。

「し……し……しず、か……『しずか』？」

「うっ⁉」

「もしかして、これって土御門さんが小さい頃に使ってた……？」

「そ、そうですわ。実家の方に子供用の魔法の道具を送るよう頼んだら、何を思ったかこんな懐《なつ》かしいものまで一緒に……」

そっか、土御門さんはこれで練習したんだ。

「ううん、私これがいい。これにする！」

「なっ……⁉」

「あ、でも、土御門さんの大切なものなら、やめておいた方がいいかな。だって、こんなに大事に持ってたんだから」

「べ、別にそこまで大切にしていたわけでは……もうっ、好きにしてくださいませ！　それより早く特訓をはじめますわよ！」

照れくさいのか、土御門さんはそっぽを向いてしまった。

小さい頃、土御門さんがこのステッキを握って一生懸命に魔法の練習をしている姿を想像すると、すごく微笑ましい気持ちになった。


土御門さんが機嫌を直してくれたところで特訓再開である。

「そのステッキは振ると先端から魔力がかたちになって飛び出すという、ただそれだけのものですが、魔法のコツを摑むにはちょうど良いかと思います」

土御門さんの説明によると、どうやらこれは小さい子が魔法を覚えるための道具だそうだ。

前回、小中学生くらいの子たちに交ざった後で、今度は幼児向けの知育玩具で練習とは……だんだん難易度が下がっているような気がするが、これが今の私のレベルということだろう。

「まずは、あの的《まと》に当てるつもりで。肝心なのはイメージと集中ですわ」

「は、はい！」

気を取り直してステッキを握りしめると、土御門さんが用意した的——かわいいクマのヌイグルミに向かって構えた。

ヌイグルミまでは、わずか数メートル。ボールを投げても普通の人ならなんなく当てられる距離だと思う。ただし〝普通の人〟ならの話だ。

しかし私はその普通から大きく下回るスペックなので油断ならない。

前に投げたボールが斜め後ろに飛んでいくレベルだと覚えておいていただきたい。

なんてことを考えていると、急に私の胸に不安の波が押し寄せてくる。

「う……」

もし、こんな簡単な魔法すら失敗したらどうしよう。

さすがの土御門さんも呆れるだろう。失望されて、見捨てられるかもしれない。

学園長さんは私に〝魔法使い失格〟の烙印《らくいん》を押して、転校の話もなかったことに。

そしたら私はもう二度とここへは来られなくなって……。

「ス、ストップ！　ちょっとだけ待って」

不安が膨《ふく》らんできた私は慌ててポケットから文庫本を取り出した。

「鍵村さん、いったいなにを……」

困惑《こんわく》した様子の土御門さんを無視して栞《しおり》を挟んでいたところから読み始める。

一文字、一行、一ページと進むうちに意識と身体が切り離され、動悸《どうき》と不安が遠のいていく。

「あの……鍵村さん？」

土御門さんが、おそるおそる声をかけてくる。

「す、すみません。癖《くせ》というか習慣というか……私、ものすごく緊張したり不安になると本を読むんです。そうすると心が落ち着いて」

「はぁ……よくわかりませんが、落ち着けたのならなによりです」

変な子だと思われたかもしれないが、昨日のような醜態《しゅうたい》をさらすよりはずっといい。

気を取り直して、私はステッキを片手にふたたび的の前に立った。

まずはかたちをイメージだ。

最初は簡単なかたちがいいだろう。ただの丸では練習にならないだろうから、もう少し複雑なものがいいかもしれない。えっと魔法使いが杖《つえ》を振ると出てくるものと言えば――

「えいっ！」

気合いと同時に振り下ろしたステッキの先端が光る。魔力らしき〝何か〟が私の身体からステッキの柄を通じて流れていく。

そして魔力は大きな〝カボチャ〟になった。

「できた……できたんだ！　土御門さん！　私、できたよ！」

「え、ええ……」

イメージ通りのオレンジ色のカボチャ。

ちょっとばかり〝大きすぎて〟的に当てるというか的を押し潰してしまっているけど、それはイメージがカボチャの馬車だったからだろう。

「よーし、もう一回やってみるね！」

「え、ちょ、ちょっと鍵村さん……」

嬉しくなった私は何度もステッキを振ってカボチャを出した。

同じような馬車サイズのカボチャをいくつか出したところでさすがに邪魔だと思い、今度は小ぶりなサイズのものにして、その代わりに色やかたちを工夫してみた。

ハロウィンの飾りつけみたいに顔のあるやつを出してみたらケタケタと笑いだした時にはビックリしたけど。

「鍵村さん、少しは自信がつきましたか？」

ひとしきり試してみたところで、土御門さんが私に言った。

「うん……私、魔法が使えるんだね！」

これまでどこか半信半疑だったけど、今なら実感できる。

私は魔法使いになったんだ！

「では特訓を次の段階に進めましょう。ですがその前に……」

土御門さんはどこか疲れた様子で溜息をつくと、

「この大量のカボチャを片付けなければなりませんわね」

「あ……」

言われてはじめて気づいた。体育館はカボチャだらけだ。これじゃ特訓どころじゃない。

「えっと……どうやって消すのかな……？」

そんなわけで、この日は体育館を埋め尽くすカボチャを半分も片付け終わらないところで時間切れになってしまうのだった。


土御門さんが台座を操作するのを、私はソワソワしながら待っていた。

魔法ができたのが嬉しくって、つい時間を忘れてカボチャを出しまくってしまった。

そうやって気づけばもう九時近かった。

「ごめんなさい。わたくしがもっと早くに気づいていれば……」

「う、ううん。土御門さんのせいじゃないから」

調子に乗りすぎていた私が悪いのだ。それなのに、土御門さんはひどく申し訳なさそうな顔をしていた。

「さあ、準備ができましたわ」

土御門さんが振り返って告げる。私は大急ぎで扉へと向かった。

「土御門さん、ありがとう！　その、私なんかのために、遅くまで付き合ってくれて」

私が言うと、土御門さんは少し驚いた顔をする。

「……いえ、お気になさらず」

微笑む土御門さんに手を振ってから、私は開いた扉に飛び込んだ。

一瞬、目眩《めまい》に似た感覚がした後、私は裏口から飛び出していた。

図書館はとっくに閉館している時間なので、土御門さんが気を利《き》かせてこっちに繋げてくれたのだろう。いずれにしても、また明日お礼を言わなければ。

「うわ、どうしよう。もうこんな時間」

東京に来る前だったら着信履歴が『お父さん』で埋まっていただろう。

そもそも、こんなに遅い時間に帰宅するのは生まれてはじめてだった。

なんだか不良になったみたいで、普段なら戦々恐々としながら帰り道を急ぐところだけど、今日だけは自然と足取りは軽くなる。

「ふふっ♪　私、魔法、使えるんだ」

急いで帰らないといけないのに、何度も立ち止まっては口に出して確認してしまう。

カボチャを喚《よ》び出すなんて大して役に立ちそうもない魔法だけど、この先の華々しい魔法使い人生を思えば大いなる第一歩だ。

「ふふんふ～ん♪　ただいまー」

「おかえりなさい、葉月さん」

鼻歌交じりに帰宅した私を、そこはかとなくお怒り気味の冴子さんが出迎えた。

「ずいぶん遅かったのね」

「う……あの、その、特訓を……」

ああ、バカバカ！　私ったらもっと上手い言い訳があるでしょうが！

「特訓……なにか部活でもはじめたの？」

「え……は、はい、まだ仮入部って感じですけど」

嘘は言ってない。たぶん。

「そう……次から遅くなる時は連絡をするように」

あれ……怒らないの？　お父さんだったら大説教祭りなのに。

拍子《ひょうし》抜《ぬ》けする私に構わず、お継母さんは自分の部屋へと引き上げていく。その途中で、

「部活、がんばりなさい」

「え……」

一瞬、聞き間違いかと思うくらい小さな呟《つぶや》きだったけど、確かに冴子さんは私に言った。

がんばりなさい、って。

「はい……がんばります」

なんだか予想外の出来事に、私は呆然《ぼうぜん》とその場に立ち尽くすのだった。

＊

静は、扉の向こうに消えていく葉月を見送って、ふっと息を吐いた。

こうやって彼女を見送る度に胸の奥がチクりと痛む。

「ありがとう、だなんて……」

お礼を言われるようなことはしていない。むしろこれは自分のためにやっていることだ。

自分は何も知らない彼女を利用しようとしている。

静は良心の呵責《かしやく》に背中を向けるように扉の間を後にする。


体育館に戻ると、天井までうずたかく積まれたカボチャの前に小柄な背中があった。

「これ、あの子がやったの?」

カボチャの山を見上げている少女——加澄有子《かすみありこ》は隣に並んだ静に聞いてくる。

「ええ、初めての魔法が嬉しくて少し張り切りすぎたようですわ」

「〝張り切り過ぎ〟ね……」

有子は半ば呆れたように溜息をつく。

「でも、役に立つの? これ」

「加澄さんの『打出《うちで》の小槌《こづち》』に比べれば、使い道のない魔法ですが、魔力《スタミナ》は大したものです」

「こんなのと一緒にしないでほしい」

有子は比べられたことに不満げな様子だった。

木槌で叩いた物質を自由自在に変化させる『打出の小槌』は有子の原書『一寸法師《いっすんぼうし》』の奥の手だ。こういった創造系の魔法は桁違《けたちが》いに魔力の消費が大きいのが難点だが、使い方によってはいくらでも応用が可能な貴重な魔法だ。比べては失礼というものだろう。

だが——

「…………」

静は返してもらったばかりのステッキを見つめる。魔法使いの子供に与えられるなんの変哲もない代物。魔力を込めて一振りすれば光と音が出るだけの単純なオモチャだ。

では、この大量のカボチャはいったいどこから出てきたものなのか。

有子の言う通り、この魔法は『打出の小槌』とはまったく異質ななにかだ。

魔法使いでもない少女を契約者に選んだ原書。

膨大《ぼうだい》な魔力を持ちながらも基礎中の基礎とも言えるブーフ・ヒュレすらできない少女。

鍵村葉月と『シンデレラ』。

いったいどちらが異常なのか――。

ここのところ魔法使いとしての常識から外れた出来事ばかりが起こっている。

自分の中の何かが変わってしまう。変えられてしまう。

そんな予感に静は思わず身震いする。

「ともかく、これだけの魔力があるなら充分期待できますわ」

「あの子、あんまり向いてないと思うけど」

「だとしても、わたくしたちには『シンデレラ』が……戦える者が必要なのです」

静は自分に言い聞かせるように呟いた。

＊

翌日もそのまた翌日も魔法の特訓は続いた。

特訓、といっても相変わらず私が振り回しているのは子供用のオモチャだけど。

土御門さんが言うには、きちんと狙ったとおりの効果を発揮できなければ魔法としては三流であるらしい。カボチャフィーバーで浮かれている場合じゃなかった。

実際、いろんなオモチャを試してみたけれど、物によって上手く使えたり使えなかったりすることが多かった。杖やステッキなんかでは上手くいくが光線銃や楽器では失敗した。

なんとなく魔法のイメージが固まらないからだった。

「鍵村さんは、どうしてそうムラがあるのでしょう……」

私のめちゃくちゃな魔法に土御門さんも頭を抱《かか》えていた。

ごめんなさい。それ、たぶん私の趣味です。

だってギターはまだしも光線銃って、どう考えても魔法っぽくないし。

ていうか、どれを使ってもいまいちピンとこないんだよね。なんでだろ？

「あ、そうか。呪文だ」

と、私の中で急に腑《ふ》に落ちた。

前に土御門さんは言った。呪文は集中するためのきっかけでしかないって。だけど、やっぱり私的にはなんだかこうずっと物足りなかったのだ。

「あまりおすすめはいたしませんわ。呪文に慣れますと、のちのち困りますから」

「困るって？」

「だって、声が出せないと魔法が使えないということでしょう？　たとえば水中ではどうします？　他にも奇襲をかける時や捕まって猿ぐつわを噛《か》まされた時などはどうするのです？」

水の中はともかく、どうして後半はそんなに物騒なんだろう。土御門さんって意外とバイオレンスな性格だったりして？

土御門さんはしばし考え込んで、

「ですが……鍵村さんは初心者ですし、最初のうちは呪文で集中力を補助するというのは悪い案ではないかもしれませんね」

「だよね！」

よーし、土御門さんも同意してくれたところで、ひとつステキな呪文を考えよう。

「……でも、呪文ってどうすればいいんだろ？」

アブラカダブラとかビビデバビデブーとか、有名なやつをそのまま使うのはどうかと思う。どうせなら自分のオリジナルの方がいいし。

「わたくしが小さい頃は、好きな食べ物の名前を呪文にする子が多かったですわ」

あまりに悩んでいる私を見かねてか、土御門さんが教えてくれた。

「好きな食べ物かぁ……塩から？」

「ずいぶん渋い食べ物ですわね……」

「熱々のごはんにのせて食べると美味《おい》しいよ？」

「鍵村さんがそれで良いのならわたくしに文句はありませんが……」

塩からはどうやら不評なようだった。

「土御門さんはなんだったの？」

「わ、わたくしですか。……わ、忘れてしまいましたわ！」

「えー、ほんとに？」

なんだか、あからさまに隠しているのがわかる態度だった。どうやら土御門さんは動揺すると声のトーンが一気に高くなるようだ。

「ほんとうに、そんな昔のことはこれっぽっちも覚えてません！」

別に隠すほど恥ずかしいことじゃないと思うんだけどなぁ。

あれ？　そういえば土御門さんの好きな食べ物に関して何か忘れてるような……。

「とにかく、この話は終わりです。特訓をはじめますわよ！」

「はーい」

と、私が特訓を再開しようとした時だった。

突然、土御門さんの顔が険《けわ》しくなったかと思ったら、いきなり振り返って叫んだのだ。

「そこにいるのは誰です！」

土御門さんは見たこともないくらい怖い顔で舞台の上を睨《にら》みつける。

「あーあ、見つかっちまったか」

そんな言葉と共に緞帳《どんちょう》の陰から女の子が姿を現した。

「ユーミリア・カザン……」

土御門さんが、その名前を口にする。

私も見覚えのある人だ。ううん、忘れようにも忘れられない。先日、私をもの凄い剣幕で追いかけ回した鬼の女の子だ。

悠然《ゆうぜん》とこちらに向かって歩いてくる姿を前に、私はあの時の恐怖が背筋によみがえって思わず身構える。すると、そんな私をかばうように土御門さんが前に出る。

「覗き見とは感心いたしませんわ」

「隠れてるのはそっちも同じだろう？　わざわざ体育館に人払いの結界までかけるとは、ずいぶん手が込んでるじゃねぇか」

睨《にら》み合う二人の間には、なにかただならぬ雰囲気があった。

因縁《いんねん》とかライバルとか、そういうのだ。

「そこの新入りが契約したのは『シンデレラ』だって噂《うわさ》、本当かどうか確かめようと思ってな」

「っ……！」

「へっ、どうやら当たりみてぇだな」

土御門さんの一瞬の動揺を見逃さず、カザンさんはニヤリと笑う。

「それが本当だとして、カザンさん、本来この学園の生徒ではないあなたにはまったく、これっぽっちも関係のないことではなくて？　というわけで、速《すみ》やかにここから立ち去りなさい！」

「おやぁ？　アタシが聞いた話じゃ、まだ転校手続きは済んでないはずだぜ。つまりはフリーってことだ」

「っ……なぜそれを……」

土御門さんは苦々しい顔で鬼の人――カザンさんを睨みつける。

ていうか、私、ちっとも話についていけてないんですが。

「よぉ、お久しぶりだな嬢ちゃん。アタシはユーミリア・カザン。ここの……まあ留学生みたいなもんだ」

「えっと……」

相変わらずビビりまくりな私を見て、カザンさんは困ったように頭をかく。

「ああ、この間は悪かったな。うちの名を騙《かた》ってスパイしに来たと勘違いしたんだ。まあ、この学園には一宿一飯の恩義があるからな。黙って見てるわけにもいかなかったのさ」

そう言うと、カザンさんはニカっと笑う。

あれ？　思ったより怖い人じゃない？

「鍵村さん、あまり彼女に気を許してはいけません。留学中とは言っても、いずれは……」

「え？」

「い、いえ、なんでもありません……」

土御門さんは急に言葉を濁《にご》した。

いずれは……の後は何を言おうとしたんだろう？

するとカザンさんは驚いたように声をあげた。

「おいおい、静、オマエまだ話してねぇのかよ」

「ち、違います！　彼女には、もう少し時期を見てからお話ししようと……」

「えっと、なんのこと……？」

代わりに答えたのはカザンさんだった。

「もうすぐ『ヘクセンナハト』がはじまるんだよ」

「ヘクセンナハト……？」

「魔女の夜、ヴァルプルギスナハト……大昔からいろんな名前で呼ばれてきたし、今じゃ参加できるのはアタシら見習いだけだとかいろいろ細かいルールはできちゃいるが、やることだけは変わっちゃいねぇ。魔法使い同士、本気で戦うのさ」

「本気で、戦う……」

ちっとも理解が追いつかなくて、相変わらずオウムのように繰り返すことしかできなかった。

「そんで一番多くの魔法使いをぶっ倒したヤツには〝たった一度だけ、どんな願いも叶《かな》える魔法〟が手に入るのさ。だからみんな必死になる。もっとも、由緒《ゆいしょ》正しい魔法使いの血筋っていう連中にはヘクセンナハトに参加することそのものが重要らしいが。静だってそうだ。土御門家は日本の魔法使いの名門だからな。そこの現当主としちゃ無様な戦いはできない。ところが、だ。日本校は予選で次々とメンバーが脱落しちまった。出場するには最低あと一人必要だ。と、そこに現れたのがオマエ……いや『シンデレラ』ってわけだ」

カザンさんの言葉は私じゃなくて、私の持つ本に向けられていた。

「『シンデレラ』は特別な『原書』だ。チームに加われば相当な戦力になる。静がやっきになってオマエを鍛えてるのもそういう理由だろうな」

土御門さんは何も言わない。それどころか、もう視線すら合わせてくれなかった。

「そうか、わかったぜ。静、オマエ本当のことを話したらコイツが逃げ出すと思ったんだろう？　そりゃそうだよな。魔法使いじゃねぇ、あっちの世界の人間だもんな」

「違います！　わたくしは——」

そこまで言って、土御門さんは口をつぐんでしまう。

まるで、カザンさんの言ったことが本当だと言っているようだった。

「そっか……うん、当然だよね。会ったばかりなのに理由もなく親切にするのは変っていうか、普通はしないよね。あはは……私、ちょっと勘違いしてたかも」

不思議と驚きはなかった。

むしろ、ああそうかと腑に落ちた感じすらある。

なのに、どうして、こんなに胸が苦しいのだろう。

「ごめん、なさい……私、今日は……帰ります」

「鍵村さん！」

土御門さんの声に背を向けて、私はその場を逃げ出した。

＊

「鍵村さん！」

静は飛び出していく葉月を呼び止めようとした。

だが伸ばした手は彼女の背中には届かないまま、しばらく宙を彷徨《さまよ》った。

呼び止めてどうするのか。誤解を解く？　なにが誤解？　すべて本当のことだ。

土御門静は自分の目的のために鍵村葉月を懐柔《かいじゅう》しようとしていた。

「やれやれ、夢見る少女にはちっとばかり酷《こく》な話だったか」

「カザンさん、あなた……！」

静は悪気の欠片《かけら》もない様子のカザンを睨んだ。

「どうせいつかは本当のことを言わなきゃならなかったんだ」

「それはそうですが、だからって――」

「だからといって、今である必要はなかった」

その時、静の言葉に重なるようにどこからか声がした。

「上かっ」

カザンの声に反応して顔を上げると天井の梁《はり》の上に人影があった。

「学園長……!?」

学園長は「とう！」と掛け声と共に飛び降りてくる。

「どうしてあんなところに」

「梁にはさまったバレーボールの回収をしていた。たかがボール一つとはいえ学園の備品。大事に使わねば勿体ない」

そう言うと、学園長はあらためて静に向き直る。

「静くん、きみはなぜ追いかけないのかね」

「なぜ、と言われても……」

追いかける理由がない。だいたい、なんと言って声をかければいいのか。

「きみが今、咄嗟に鍵村葉月を引き止めようとして伸ばした手、それこそ充分な理由であるとは思わないか？」

「っ⁉」

まるで心の内を読まれたような気分だった。

「大いに迷い、悩みたまえ。学生とはそうあるべきだ。……ところで」

学園長の手からふわりと浮き上がったバレーボールは、突然唸《うな》りを上げて飛んでいく。

ボールはこっそりこの場を離れようとしていたカザンの鼻先を掠《かす》めて壁にめり込んだ。

「ユーミリア・カザン、校内で暴れた罰として、きみには図書館の清掃を命じたはずだが？」

「うぐっ……こ、これからやろうと思ってたんだよ！　いや、ほんとに！」

「よろしい。ならばこの私自《みずか》ら掃除の極意を教えてやろう」

「げっ!?　じゃなくて、いや学園長に掃除なんてさせられねぇって」

「気にするな。学園を美しく保つことも長たる私の仕事だ。安心したまえ。私は掃除が得意だ」

そう言うと、学園長は有無《うむ》を言わさぬ魔法の力（腕力）でカザンを連行していく。

「誰かと親しくなりたいなら、お互いにとって大切な時間や場所を共有するのだ。私の場合は風呂だな。あいにくと今は露天風呂が修復中だがな」

去り際《ぎわ》にそんな言葉を残して学園長は体育館を出ていった。

「わたくしの、大切な時間……」

＊

その日は、放課後になってもちっともテンションは上がらなかった。

理由の半分は、ゆうべ一睡《かえり》もできなかったからだ。

もう半分は大いに自分を省みたから。

たぶん私は本気で魔法使いになりたかったわけじゃない。

今の自分が嫌いで、居心地の悪い学校や家から離れたくて、たまたま偶然開いた魔法の世界という場所に逃げ込んだだけ。

いくら練習しても魔法が上手にならないのも、冴子さんにきちんと話せないのも、私がどこか本気じゃなかったからだと思う。

そうやって肝心《かんじん》なことから目を逸《そ》らしておきながら、私は土御門さんにいろんなものを期待していた。おまけに最悪なのは、カザンさんの話を聞いてほんの少しでも「裏切られた」と思ってしまったことだ。

なんて身勝手で独善的なのだろう。こんなだから生まれてこのかた友達のひとりもできないのだ——と、十五年間のぼっち体質の根本的原因に気づかされた私は、あまりの恥ずかしさと情けなさで土御門さんたちの前から逃げ出したのだった。

「はぁ……私ってばほんと最悪……」

もう何度目かわからない溜息をこぼして、私は校門をくぐる。

放課後になっても魔法の世界へ行く気にはなれない。というよりも、土御門さんと顔を合わせるのが気まずかった。

今日はこのまま帰ってしまおう。そう思って自宅の方角へ足を向けた時だった。

「鍵村さん」

「ふえあっ⁉」

急に声をかけられて私は飛び上がって驚いた。

「そんなに、驚かなくても……」

振り返ると、若干《じゃっかん》ショックを受けた様子の土御門さんがいた。

「つ、土御門さん⁉　ど、どうして……」

オホンと咳払《せきばら》いをして、土御門さんは言う。

「あなたと、少しお話がしたくて」


私は土御門さんに連れられて駅前のファストフード店に入った。

放課後ということもあって、お店の中はこのあたりの学校の制服で溢れていた。

芸能人が多く通うことで有名な学校や、制服がかわいいと評判の女子校など、私なんかとは華やかさが段違いな子ばかりが集まっている。

だけど、そんな中でも土御門さんの存在感は飛び抜けていた。

平安時代のお姫様といった雰囲気の土御門さんが店員に向かって「チーズバーガーのセット、ポテトはLでドリンクは紅茶をお願いいたしますわ」などとお上品に注文している様子はなんとも言えない不思議な光景だった。

思わず見とれていた私も慌ててオレンジジュースを注文すると、二人で奥の方の席に座った。

席に着くなり土御門さんは待ちきれなかったようにポテトを摘《つ》まみはじめた。しっかりとケチャップとマスタードももらっていて、実に手慣れている。

「あ……鍵村さんも、どうぞ」

土御門さんがポテトをすすめてくれた。

「あ、はぁ……」

私は、曖昧《あいまい》に返事をする。

いざこうして面と向かうとちっとも言葉が出てこない。間を持たすためについポテトを摘まんでしまう。

しばらくそうやってもしゃもしゃとポテトを食べていると、土御門さんが唐突に言った。

「わ、わたくしの好きな食べ物はハンバーガーです！」

「は……？」

思いも寄らない第一声。それになんの意味があるのか、ものすごく考えてしまう。

「ですから、わたくしの好物はこのハンバーガーだと言ったのです！」

「そ、それはわかったけど……なんで？」

天気の話からはじまって、お互いの趣味を尋ねるならわかるけど、いきなり好きな食べ物について話し出すのはさすがに聞いたことがない。

「昨日、鍵村さんが聞いたではないですかっ」

するとと土御門さんは恥ずかしそうに抗議する。

確かに聞いた。聞いたけど、今？

「わたくし、これ以上隠し事はしてはいけないと思いました。ですから、今日はお互いに率直な意見の交換をいたしましょうっ」

そう言った土御門さんは、ものすごく緊張しているように見えた。

「その、わたくしの家ではあまりこういった物を食べさせてはもらえませんでしたので、ずっと憧《あこが》れていたといいますか、だから、その……」

しばらくしどろもどろに話していた土御門さんだったけど、急に顔をあげると真剣な表情で私に打ち明けてくれた。

「ハンバーガーは、亡くなった母との思い出の食べ物なのです」

そんな言葉から、土御門さんの話ははじまった。

「わたくしの家は、日本で最も古い魔法使いの家系です。一人娘であった私は、幼い頃からそれはもう厳しく育てられました。母とも世間一般でいう親子らしいことは何一つしたことがありませんでした。……ですが、一度だけこんなふうに向かい合ってハンバーガーを食べたことがあるのです。その時の母はとても優しくて、小さかったわたくしには何か特別な食べ物のような気がして……」

土御門さんは、どこか懐かしむような顔でまだ手をつけていないハンバーガーの包みを見ていた。

鈍い私にも、それが土御門さんにとってすごく大切な思い出なのだということがわかった。簡単に口にできるような話ではない。それを、わざわざ私に教えてくれたということが、どんな意味を持っているのかも。

「母は、立派な魔法使いでした。ヘクセンナハトにも出場したと聞いています。だから、わたくしも母のように……」

土御門さんの気持ちは私にも少し理解できる。

お母さんに憧れて、お母さんのようになりたくて、でも簡単には届かなくて。

どこかにある自分だけの『物語』。

土御門さんにとって、それはお母さんそのものなのかもしれない。

すごいな……土御門さんは。

私なんて「いつか見つかればいいな」くらいの気持ちで心の隅っこに押しやっていたのに、
諦めず、くじけず、今でも一生懸命努力を続けているのだから。

いつの間にか、私の緊張や不安はどこかに消えていた。

……そっか。土御門さんはそういう人なんだ。

真面目で責任感が強くて、ちょっとだけ融通《ゆうずう》が利《き》かない。

それからハンバーガーが大好き。

今日の土御門さんは自分から歩み寄ってきてくれた。だから私も勇気を出さなきゃ。

彼女みたいに大きな目標じゃないけど、少しだけ前に進みたい。

「あ、あのね、ずっと前から言いたかったんだけど……」

「はい、なんでもどうぞ」

「私のこと、苗字じゃなくて名前で呼んでほしいなって……」

「名前、ですか……？」

「い、嫌ならぜんぜんいいんだ！　その、世の中には名前で呼ばれるの好きじゃないって人もいるだろうし、親しき仲にも礼儀ありっていうか、うん、ほんと、気にしないで」

するると、土御門さんはふっと笑みをこぼした。

「でしたらわたくしのことも名前で呼んでください」

「い、いいの……？」

「もちろんですわ。えっと……葉月さん」

「うん……静ちゃん」

お互い、照れながら名前を呼び合う。

慣れなくてムズムズして、でも不思議としっくりくる感じ。

「ふふふ……なんだか妙な気分ですわ」

「あはは、私も」

騒々しいお店の片隅で、私たちは長い間そうやって笑っていた。

第三章 学園長は止められない

舞踏会では、誰もがシンデレラの美しさにみとれてしまいました。もちろん王子様も。

王子様は言いました。

「美しいお嬢さん、ぼくと踊っていただけませんか？」


朝、目が覚めるとまず最初に思ったのは「夢じゃないのか？」──だった。

あれからもう一週間以上経《た》っているというのに、着替えをしながら、顔を洗いながら、お手洗いの中でも繰り返し〝あの日〟の出来事を思い出しては幸せな気持ちを反芻《はんすう》する。

ファストフード店でひとつのポテトを摘《つ》まんだり、お互い下の名前で呼び合ったり……。

私の夢だったことがわずか一時間ほどの間にほとんど叶《かな》ってしまった。

土御門《つちみかど》さん……じゃなくて〝静《しずか》ちゃん〟との距離もずいぶん縮まったように思う。

これはもう友達関係にランクアップするのも時間の問題……うん、むしろもう友達といってもいいのでは？

「だめだめだめ！　決めつけるにはまだ早いわよ鍵村葉月《かぎむらはづき》！」

そうだ。さすがにそれは図々しいというものだ。

噂《うわさ》によると都会の女子高生は大して仲良くなくても一緒に遊んだり表向きは名前や愛称で呼び合ったりするらしい。本当に仲の良い子とはSNSなんかでこっそり繋がっているという話も聞く。学校とは一つの社会であり、本音と建前を使い分けるのは当たり前ということだろう。

私もいち女子高生として人間関係には慎重にならざるを得ない。

でも、だけど……気になる！　静ちゃんは私のことをどう思ってるのか！

「こんなことならちゃんと聞いておけばよかったよぉ！」

思わず声に出してしまってから私の意識はハッとして現実に戻ってくる。

見れば、テーブルの反対側に座った美沙《みさ》さんがビックリした顔をして私を見ていた。

「ちょっと、驚かさないでよね」

「ご、ごめんなさい……」

そう言うと、美沙さんはシリアルにヨーグルトをかけただけの朝食に戻った。あんなのでお昼までもつのだろうかと思うが、食べない日の方が多いので今日はまだマシだ。

そこへ、冴子《さえこ》さんが忙《せわ》しない様子でやってくる。

「あの、朝ご飯は……」

「すぐに出なくてはいけないの、コーヒーだけいただくわ」

忙しい冴子さんは今朝も食べずに出勤するようだった。

冴子さんも美沙さんも朝食には重きを置かない主義らしく、朝はほとんど私ひとりだ。

二人ともテーブルについているだけ今朝はまだマシな方だけど。

同じ食卓を囲みながら自分だけごはんを食べているという妙な居心地の悪さと一緒にごはんをモグモグしていたら、ふと思いつく。

そうだ。今のうちに魔法学園の話をした方がいいかも。

冴子さん、夜はいつも遅いし帰ってきても疲れているようで相談しづらいのだ。

「さ、冴子さん、あのね……！」

「なにかしら？」

冴子さんはメールチェックに余念がなくこちらを見ようともしない。

魔法学園のことを話して、それで転校したいって伝えるんだ。

「いえ……あの……なんでもないです」

……言えなかった。

何度も夜中にシミュレーションしているけど、どうしてもいざとなると二の足を踏んでしまう。

根っこに染《し》みこんだ逃げ癖《ぐせ》はなかなか直りそうもなかった。

「そういえば、そろそろ期末試験じゃなかったかしら」

すると、冴子さんが思い出したように口を開いた。

「美沙、バイトはほどほどにしてちゃんと勉強しておくのよ」

「はーい、わかってるってママ」

こちらもまたスマホの画面に目を釘付けにしたまま適当な返事をする。

「葉月さんもよ」

「うえっ⁉」

急に自分にふられて、思わず変な声が出る。

「中間試験はあまり良い成績とは言えなかったでしょう。期末できちんと挽回《ばんかい》しなさい」

「はい……」

冴子さんからしたらいまひとつかもしれないが、私としてはギリギリ及第点だったので期末試験におけるハードルがひとつ上がってしまった。

ただでさえ私の頭は試験どころじゃないというのに。

「いけない、そろそろ会社に行かないと」

「あ、待ってママ。アタシもっ」

時計を確認して立ち上がった冴子さんの後を美沙さんが慌《あわ》てて追いかけた。

そうして二人が先に出た後、私は黙々と朝食を食べる。

「やっぱり、食事は一人より二人の方がいいなぁ……」

そんなことを呟《つぶや》きながら、残りの朝食を平らげると、自分の使った食器と美沙さんが使ったシリアルボールを洗ってから学校へと向かった。

「ねえ聞いた？　C組の子がプロムに誘われたって」

ホームルーム前の時間、読書に勤《いそ》しむ私の耳に悲鳴のような声が飛び込んできた。

叫んだのは右斜め前の席の田所《たどころ》さん。私のクラスではおとなしめの部類に入る子で所属は吹奏楽部でフルートを担当している。誕生日は十月三十日だ。

なぜそんなことを知っているかといえば、もちろん、いつか仲良くなった時のためだ。

相手の誕生日を知っているだけで、いろんな占いができるし、誕生花、誕生石など咄嗟《とっさ》の会話において話題に困ることがなくなる――と、どこかの本に書いてあった。

田所さんだけじゃなくて席の近い女の子はチェック済みである。繰り返すが、いつかそのうち友達になった時のためだ。まあ、それが役に立ったことはまだないんだけど……。

って、そういえば私はまだ静ちゃんの誕生日を知らなかった。

誕生日だけじゃない。血液型も趣味も好きな色や季節も何も知らない。唯一《ゆいいつ》知っているのは好きな食べ物くらい。

むむむ……これは由々《ゆゆ》しき事態だ。

「いいなぁ、プロム。今年はすごいことになってるらしいじゃん」

「二年の真田《さなだ》美沙さんだよね。なんか読モもやってるんでしょ？　そのツテでイベント会社とかに声かけてめちゃくちゃ豪華になってるって」

思いがけず聞こえてきた美沙さんの名前に、私は思考を中断した。

はて『プロム』とはいったいなんだろう？

耳慣れない単語に、その時はすぐに思い出せなかった。

ようやく記憶の隅っこから単語の意味が浮かび上がってきたのはお昼休みのことだった。

「あ、そうか。卒業パーティのことだ」

屋上の隅っこでぼっち弁当をしていた私はポンと手を打った。

スマホで検索してみるとプロムはプロムナードの略で、日本語に訳すと『舞踏会』。

私の通う高校はなにかと欧米的なイベントが多い。創立者が外国の人で昔から国際交流に力を入れていて欧米の行事をたくさん取り入れていると、入学時のパンフにも書いてあった。

そのうちの一つがクリスマスの夜に行われる『プロム』だ。

海外の映画やドラマでお馴染《なじ》みかもしれない。要は卒業生が主役のダンスパーティだ。

しかし、ただのダンスパーティと思うなかれ。プロムには恐ろしい伝統とルールがあるのだ。

まず、参加するためには異性のパートナーを見つけなければならない。

ぼっちの私にとっては、もうこの時点ですでに無理ゲーだ。

おまけに舞踏会というだけあってドレスやタキシードで盛装してダンスを踊るわけで、運動が苦手なばかりかリズム感も壊滅的な私にはあまりにもハードルが高すぎる。

「ま、私には関係ないか」

呟《つぶや》くと、私は彩《いろど》りに入れておいたブロッコリーをもしゃもしゃと食べる。

関係ないと言っても再来年には私も当事者だ。その頃までにはドレスが様になるメリハリボディに成長していることを願うばかりだ。

「……そういえば、お母さんのドレスどこにしまったっけ」

引っ越しの時に見たきりの薄いブルーのドレス。再来年の今頃、私はあれを着てプロムに参加しているのだろうか。

二年もあればきっと私も少しは大人っぽくなっているだろう。

深いスリットから覗《のぞ》く足はすらりと伸び、大きく開いた胸元にはきちんと谷間もできている。

パートナーを待つ私の頬は、緊張とときめきで少し赤い。

やがて白い馬車が私を迎えにやってくる。もちろん馬車を引くのは二頭の美しい白馬だ。

白一色の馬車から姿を見せた〝あの人〟もまた白いタキシードがよく似合う――

「葉月さん、お迎えにあがりましたわ」

爽《さわ》やかにそう言い放ったのは土御門静その人だった。

「って、なんで静ちゃん!?」

その瞬間、思わずまた自分でツッコミを入れていた。

「あうう……私ったらなに考えてるんだろ……」

思い返すだけで顔がカーッと熱くなる。

いくらなんでも〝アレ〟はない。

だって静ちゃんはお友達（になりたい相手）であって、そういうのとは違う。違うのだ。

「と、とにかくプロムのことは忘れよう！　うん！」

そうやって自分に言い聞かせると私は残りのお弁当を食べ始めた。

放課後になってもお昼の空想ならぬ妄想《もうそう》が頭から離れなかった。

いつも通り書架の扉を抜けて魔法学園に降り立つと、目の前に本物の静ちゃんが待っていた。

「はうあっ⁉」

思わず声をあげた私に、静ちゃんは驚いた顔をする。

「な、なんですの、変な声を出したりして」

「ごめんね、急に本物が現れたから……」

どうもお昼からこっち、なにか空想する度《たび》に静ちゃんが現れる。しかも次第にエスカレートしていって、今では本人が絶対に言わない、聞けば思わず赤面しまうような甘い言葉を囁《ささや》いてきたりする始末だ。これじゃあ誕生日を聞くどころの話じゃない。

「はあ……よくわかりませんが、急ぎましょう。先生がお待ちですから」

「先生？」

静ちゃんの言葉に私は首を傾《かし》げた。


今日は実技ではなく座学だという静ちゃんに連れられて教室にやってきた。

横長の机が規則正しく並んでいる一角に、ポツリとひとりだけ先客がいた。

「加澄《かすみ》さん、どうしてあなたが？」

その先客こと加澄有子《ありこ》さんに静ちゃんが尋《たず》ねた。

「補習。居眠りが多いからって。試験ではちゃんと合格点をとってるのに……」

不満そうに答える加澄さん。魔法学園にも補習とかあるんだと、なんだか妙なことにワクワクしてしまう。それにしても魔法の授業とはいったいどんなものだろう。

ところが、席についてしばらくしてもその先生は一向に姿を見せない。

「あの……先生は？」

「そこにいらっしゃいますわ」

私が尋ねると、静ちゃんは教室の入り口に目を向ける。そこには開いた扉があるだけだ。

「誰もいないよ……？」

「もっと下ですわ」

言われるままに下を見ると、そこに〝亀〟がいた。

それもウミガメだ。背中に黒い大きな箱を乗せて、四つのヒレを懸命に動かしてのたのたと進んでいく。

思わずこう「がんばれ！　もう少し！」と応援したくなる光景だった。

しばらく私がハラハラしながら見守っていると、ついに亀さんの大きな前足のヒレが教壇にタッチする。感動のゴールだった。

「やった！　やったよ静ちゃん！」

「なにを興奮してますの……」

私の感動はいまいち伝わっていなかった。

ていうか、すっかり忘れていたけどこの亀さんが先生なのだろうか？

だとしたら、ずいぶん忍耐のいる授業になりそうだ。

「なにを勘違《かんちが》いしていらっしゃるのか知りませんが、あの亀は先生ではありませんわよ」

「え、違うの？」

「その通り。私はすでにアナタの目の前にいますよ、鍵村葉月さん」

どこからともなく凛《りん》とした声が聞こえてくる。その途端、加澄さんだけじゃなく静ちゃんまでピンと背筋を伸ばした。

「え？　どこ？」

亀さんが前足のヒレで器用に背中の黒い箱を縛《しば》る組紐《くみひも》をほどくと、上蓋《うわぶた》を押しのける勢いで中から煙が噴き出したのだ。一気に視界が覆《おお》われて何も見えなくなる。が、次の瞬間には教室に充満していた煙が巻き戻し映像のようにまた箱の中に戻っていった。

「みなさん、お待たせしました」

煙が晴れた後、教壇には一人の老齢の女性が立っていた。

「葉月さん、ご紹介しますわ。この方は白銀《しろがね》先生です」

静ちゃんが紹介してくれた『白銀先生』には見覚えがあった。

「ミズ・ホワイト……」

私が学園に来た最初の日に出会ったちょっと怖い先生だった。

「鍵村葉月さん、本日はメドヘンとしての心構えについてじっくりと教えて差し上げます」

「よ、よろしくお願いします」

きっちり後ろでひっつめた見事な白髪に、鋭い眼光、ビシッと伸びた背筋からくるたたずまいは一分《いちぶ》の隙《すき》もない。

亀に乗った箱の中から登場したことなどツッコめるような雰囲気じゃなかった。

「白銀先生はこの学園の卒業生なのですよ。『原書使い』として立派にお務《つと》めをされ、今はこうして教育にたずさわっていらっしゃいます」

白銀先生を紹介する静ちゃんの口調はどことなく誇らしげだった。

「土御門さん、その言い方ですと私が現役を退《しりぞ》いたように聞こえますよ」

「失礼いたしました。白銀先生は今なお現役の『原書使い』でいらっしゃいますものね」

静ちゃんがどこか尊敬の眼差《まなざ》しで白銀先生を見ているのは立派な大先輩だからなのかもしれない。それを抜きにしても二人はいろんな意味で気が合いそうだ。

「えっと、ミズ・ホワ……じゃなくて白銀先生も私たちみたいに自分の『本』を持ってるってことですか？」

「ええ、私の原書は『竜宮《りゅうぐう》』。よく知られているお話で言えば『浦島太郎《うらしまたろう》』です」

白銀先生の手に私たちと同じように『原書』が現れた。

すると加澄さんがこっそり耳打ちしてくる。

「いま、ピッタリだと思ったでしょ」

「うっ……そ、そんなことないよ」

嘘です。本当はものすごーく納得しました。

「あなた方メドヘンは学園を卒業してはじめて一人前の『原書使い』として認められます。そして『原書』から授かった固有魔法を使い様々な場所で活躍することになるでしょう。ですが、すべての『原書使い』に共通する〝使命〟だけは忘れてはなりません。鍵村さんにはそのことについて学んでいただきます」

「使命……ですか」

白銀先生はキリッとした顔で言った。

なんだろう〝使命〟って。なんだかすごく重たい感じがする言葉だ。

「あの、私、ぜんぜんわからなくて、使命ってどういうことなんでしょうか？　ヘクセンナハトっていうのに出て戦わないといけないって言われて、でも私、ケンカとかしたことなくて。それに人を傷つけるのは……」

私の口からは矢継《やつ》ぎ早《ばや》に疑問が溢《あふ》れ出していく。それを聞いた白銀先生は眉間《みけん》のシワをさらに深めて私を見た。

「……なるほど、学園長が私を呼んだ理由がわかりました。よろしい。では最初は少しばかり歴史についてお話しすることにしましょう」

白銀先生はどこからともなく取り出した教鞭《きょうべん》をしならせながら言った。

できれば、お手柔らかにお願いしたいなぁ……。

『始めに言葉ありき』

確か聖書の文言《もんごん》だった気がする。言葉は神様でこの世界の根源は言葉であり神様なのだという意味だったと思う。

だけどそれは、魔法使いたちに言わせるとちょっと違うらしい。

言葉は神様ではない。むしろ言葉が神様を作ったのだ、と。

そのくらい言葉には力があって、その力こそが『魔法』なのだ。

言葉の力＝魔法を見つけ、それを受け入れた人たちのことを魔法使いと呼ぶ。

魔法使いたちは呪文やお札《ふだ》、魔法陣なんかで効率よく言葉の力を活用する方法を研究してきた。そうして辿《たど》り着いたのが『物語』だった。

物語とは言葉によって作られた一つの世界であり、それがかたちになった『原書』は究極の魔法である。

しかし物語は、世界は、そこにあるだけでは意味がない。読み手であり観測者が必要だった。

そこで選ばれたのは多感で想像力に満ちた十代の少女たち。

少女たちが契約し、二つの世界を繋ぐ役目を担《にな》うことで『原書』は存在を保てる。代わりに少女は〝特別な魔法〟を得られる。

それが『原書使い』だ。

白銀先生のお話をまとめると、こんな感じだ。

実際にはもっと長くて、いろんな歴史上の人物が登場したりしたけど、おおよそのところはまとまっていると思う。

まさか、有名なグリム兄弟もアンデルセンも魔法使いだったなんて思わなかった。

各地の伝承《でんしょう》やお話を集めていたのはたくさんの『原書』を生み出すためだったとは……。

もしかして歴史上の偉人には他にもたくさん魔法使いがいたりするんだろうか？

これはこれは……なんとも空想がはかどりますなぁ。むふふ……。

「ここからが肝心なところですよ、鍵村葉月さん」

白銀先生が釘を刺してくる。

私がトリップしかけていたのがバレたのだろうか。だとしたら恐ろしい観察眼である。

「魔法は使い方によれば剣や大砲などおよびもつかない破壊を生み出せます。そのため権力者たちに様々なかたちで利用されてきました。戦争もその一つです。魔法使いたちも国の民《たみ》、自分たちの家族や土地を守るために戦いました。中でも『原書使い』の存在は戦争の勝敗を左右するほどであったといいます。そして戦争が終わると、その強大な力を恐れた人々による迫害《はくがい》がはじまりました。魔女狩り、魔女裁判……こういった表の歴史は鍵村さんもご存じでしょう」

「は、はい」

中世のそういう状況は、いろんな物語のネタになっている。私も本で読んだことがある。

まさか本物の魔法使いたちが迫害されていたとは思わなかったけど。

「えっと、つまりこうやって魔法学園が隠されているのは迫害から逃れるため？」

「それは、半分だけ正解ですわね」

私の呟きに答えたのは隣に座っている静ちゃんだった。

「半分だけって?」

「考えてもみてください。わたくしたち『原書使い』はたった一人で軍隊にも匹敵するほどの力があるのです。本気になれば国の一つや二つ相手にもなりません」

「あ、そっか。……ん?」

なんだろう、いろいろとつじつまが合わない気がする。

「その理由は……加澄有子さん!」

「うにゃっ」

白銀先生の一喝《いっかつ》で居眠りをしていた加澄さんがビクッと飛び起きた。

「お答えなさい。中世、我々魔法使いはなぜ急に歴史の表舞台から姿を消したのか」

「あー……めんどくさかったから?」

「違います。適当に答えるのはおやめなさい」

白銀先生は眉間をおさえながら言う。

どうやら加澄さんはちょっとした問題児らしい。うーん、そこはかとなく親近感が。

「土御門さん、代わりに答えなさい」

「はい。それは〝シミ〟が現れたからです」

シミ? シミってなんだろう。私が首を傾げていると、静ちゃんが続ける。

「人々が急に魔法使いを排除しようとしたのは、心の奥底にある恐れや不安を〝シミ〟によって増大させられたからです。〝シミ〟の狙《ねら》いが『原書』であることに気づいた魔法使いたちは、何も知らない人々が〝シミ〟によって狂わされることがないように表の歴史から姿を消しました」

「その通り。実によくまとまった答えです。さすがは土御門さんですね」

静ちゃんの答えに白銀先生はとっても満足そうにうなずいた。

「要するに、一般人を巻き込むといろいろめんどくさいってことで合ってるじゃん」

「加澄さん、なにか？」

「なんでもないでーす」

そう言うと加澄さんはやる気なさげに頬杖《ほおづえ》をつく。

普通の人間と魔法使いたちの間で戦争になるといろんな意味で厄介《やっかい》なことになる。確かにそういう側面もあったのだろう。

なるほど、世界は魔法使いたちによって人知れず〝シミ〟とかいう正体不明のバケモノたちから守られていたのか。うんうん、私もそういう設定は嫌いじゃない。

「って、ちょっと待った。じゃあ、私もその〝シミ〟とかいうのと戦うの⁉　やっぱり今どきの魔法少女だからバトル展開は避けられないってこと⁉」

なんてことだろう。魔法使い同士で戦うっていうからいろいろ覚悟はしていたけど、さらにモンスター退治まで加わるなんて。

「土御門さん、彼女はいったいなんの話をしているのです？」

「気にしないでください。葉月さんは向こうの方なので、我々とは少々文化の違いがあるだけですから……」

奇妙な深海生物でも目《ま》の当たりにしたかのような顔をする白銀先生に、静ちゃんがフォローを入れていた。すっかり慣れたものである。

いつもなら私もすぐに体裁《ていさい》を取り繕《つくろ》うところだけど、今回ばかりはそんな余裕なんてない。

だって話を聞く限り、その〝シミ〟っていうのは人の心を操ったりするんでしょ？　人間同士で争わせようとするとか、アニメとかラノベだとめちゃくちゃ厄介で、後半になるとそのせいで仲間を一人失ったりするやつだ。いろいろ煩悩《ぼんのう》の多い私なんて格好の餌食《えじき》ではなかろうか。

闇の力に染まって仲間を裏切った私を静ちゃんが涙ながらに倒す展開がありありと脳裏《のうり》に浮かんでしまう。最後の瞬間だけ正気に戻って「ありがとう」の一言と共に息を引き取るのだ。

「って、死んじゃってるし私⁉」

脳内でエンドロールが流れ始めたのを振り払うようにして私は思わず声をあげた。

「落ち着きなさい、葉月さん。〝シミ〟はそれほど恐ろしいものではありませんわ」

「へ……そうなの？」

危うく、かつてない毒々モンスター血みどろバトルな空想に突入しかけていたところを、静ちゃんの声で我に返った。

「あー、いえ、確かにあまり放置しすぎると危険ではあるのですが、それは大昔のこと。今はきちんと対策がされています。『ヘクセンナハト』もその一つです」

「ヘクセンナハト……それって、私たちメドヘンが魔法で戦うっていう？」

「ええ、そうです」

……ダメだ。ますますわけがわからない。

なんで私たちが戦うことでバケモノがやっつけられるのか。

「ええと、どこから説明すればいいものやら……」

見れば、土御門さんも困った顔をしていた。すると——

「ならば、実際に見てくればいい」

唐突に声が響いた。今度は前からではなく教室の後ろから。

振り返ると、いつの間にか教室の後ろに学園長さんがいた。

何をしているかと思えば、後ろの掲示板に『校内美化月間』を案内する手書きのポスターを貼りつけている。まさかと思うが学園長が描いたんだろうか。

「あの、学園長、実際に見るというのはまさか……」

「うむ。〝図書館〟へ行ってきたまえ。ちょうど今、清掃作業中だ。きみたち二人で行って手伝ってくるといい」

学園長の口から出た図書館という言葉に、静ちゃんは少し表情を硬くする。

「じゃあ、あたしも一緒に……」

「加澄さんは残りなさい。授業中に居眠りしていた分、きっちり補習を受けてもらいます」

白銀先生に言われて、加澄さんはしぶしぶ席に戻った。

私たちは学園長に言われた通り〝図書館〟へと向かった。

向かった、と言っても私は場所を知らないので静ちゃんの後についていくいつものスタイルである。

「け、けっこう遠いんだね」

「もう少しですわ」

困った。ちっとも会話が弾《はず》まない。

うう……ファストフード店で打ち解けられたと思っていたのに。

これでは誕生日を教えてもらうどころじゃない。

そうやって悶々《もんもん》としていると、自分たちがどんどん地下へと向かっていることに気づいた。

「図書館に行くんだよね？」

「目的地は変わってませんわよ」

静ちゃんは「今さらなにを言っているのだ」とばかりに答える。

日本は湿度が高めだし、本の保存という意味では地下はあまり向いていない。

太陽の光が入らないというメリットもあるのだけど、それ以上にコストがかかりすぎるのだ。

……って、そうか、よく考えてみたらここは魔法学園だった。

きっと魔法の力でなんとかしてるのだろう。部屋の湿度を下げる魔法とか、本にカビがつかないようにする魔法とか……。うーん、地味すぎて空想が捗《はかど》らない。

そうこうしていると、目の前にやたら頑丈そうな大きな扉が現れた。

「葉月さん、わたくしから離れないように。ここから先は少しばかり危険ですから」

「え……う、うん」

やけに緊張感漂う物言いに私は少し怯《おび》えながらうなずいた。

〝ズズズズッ……〟

静ちゃんが触れると、扉はゆっくりと重いものを引き摺《ず》るような音を立てながら開いていく。

同時に、中から冷たい空気が私の方へと流れてきた。

「では、行きますわよ」

促《うなが》されて、私は静ちゃんの後に続いた。

入ってみると、思った以上に中は暗かった。図書館というわりには明かりが少ないせいだ。

「ふおお……！」

図書館の中は本でいっぱいだった。

いや、当たり前なんだけど、私にとっては思わず声を上げたくなるような夢のような空間だったのだ。

「むふふ……いったいどんな本かなぁ……あれ？」

思わず手近な棚から一冊手に取って開いてみようとしたが……びくともしなかった。

「なんで？　どうなってるの⁉　ていうか私に読ませて！」

「契約者でなければ開くことはできませんわよ」

本と格闘していた私に静ちゃんが声をかけてくる。

「契約者……じゃあ、これって……」

「ええ、ここにあるのはすべて『原書』ですわ」

そう言われて、あらためて視線を巡らす。

だだっ広い空間に見渡す限りの書架、書架、書架。

天井に届きそうなほどに背が高く、どれもいっぱいに本が詰まっている。

それが、すべて『原書』──魔法の本だという。

「でも、多すぎないかな？　世の中におとぎ話ってそんなにあったっけ？」

「物語の数だけ『原書』はあります。たとえば歌詞や楽譜、ちょっとした手紙にだって物語は存在するでしょう」

「なるほど……じゃあ、漫画、映画やアニメなんかを元にした『原書』もあるの？」

「もちろんです。ですが、そういったまだ〝若い〟物語はほとんど力を持っていません。人と契約して固有の魔法を生み出すほど力を持つのは『かぐや姫』や『シンデレラ』のように長い年月をかけて大勢の人々に読まれてきた物語だけです」

静ちゃんが言うには、入り口近くの本はまだ生まれて日の浅い本なのだそうだ。

奥へ行けば行くほど古い本になるらしい。

「そっか……じゃあ、この子はまだ赤ちゃんなんだね。乱暴にしちゃってごめんね」

私はそっと本を書架に戻した。

いつかこの物語も『原書』になって、誰かと契約するのだろうか。

この世でたった一人の誰かと――。

そう考えると不思議だ。どうして『シンデレラ』は私を選んだのだろうか?

正直に言うと、私は『シンデレラ』という物語があまり好きじゃない。

不幸で孤独な灰かぶりの少女のもとに、ある日突然魔法使いが現れて願いをすべて叶えてくれるなんて、ちょっとご都合主義がすぎると思う。なによりシンデレラが何を考え、何を想い、何をしたかったのかちっともわからない。そう、まるで――

シンデレラという物語の中にシンデレラ自身がいない。

そんなふうに感じる。

「葉月さん?　どうしました?」

「う、ううん、なんでもない」

いけないいけない。こんなこと考えてたらいつまで経《た》っても魔法は上達しない。

静ちゃんも言っていたように、もっと『シンデレラ』と一体化できるようにならないと。

気を取り直して、私は静ちゃんの後を追ってふたたび奥へ歩き出した。


進めども進めども本ばかりだった。

わかっていたけど、司書さんが座るカウンターとか読書をするための机とか探している本を検索する端末だとか、ここには一切ないらしい。

ただただ本を集めておくだけの場所――そんな感じだ。

その時、唐突に静ちゃんが足を止めた。

「静ちゃん？」

するとカツン、カツン……と、微《かす》かに足音が近づいてくるのがわかった。

「し、ししし、静ちゃん⁉　なにか来るよ！」

「黙って」

静ちゃんは、足音がする方の通路を睨《にら》む。なんだかただならぬ雰囲気だった。

私は慌てて口を閉じると、静ちゃんの背中に隠れるようにして息を殺す。

足音はゆっくり、だが確実にこちらへ近づいてくる。

そして、ついに暗闇から足音の主《ぬし》が姿を現し――

「ああ？　なんだ、誰かと思ったらオマエらか」

見覚えのあるボサボサ頭、着崩した制服、野生動物のような鋭い目つき。それは、カザンさんだった。

「やはり学園長からは逃げられなかったようですわね」

静ちゃんがホッと息を吐いて警戒を解く。

「そうだよ。ったく、学園長のやつ、アタシひとりに図書館の〝掃除〟を押しつけやがって」

「あなたが学園の施設を破壊したのがいけないのでしょう。当然の罰ですわ」

どうやらカザンさんはあれから毎日、ここで掃除をしていたらしい。道理であまり姿を見ないと思った。

「で？　さすがの学園長サンも不憫《ふびん》に思ってオマエらを寄越《よこ》したってわけか？」

「いいえ、葉月さんにわたくしたちの〝本来の役目〟を見ていただくためですわ」

「ふーん……なるほどね。だったらついてきな」

カザンさんは面白がるように笑うと、さっさと歩き出した。私と静ちゃんは黙ってその後についていった。


「着いたぜ。ここだ」

高い書架の谷間をしばらく進んでいくと、唐突にカザンさんが言った。

「ここって……」

少なくともこれまで歩いてきたところと何も変わらないように見える。

「そっちじゃねーっての」

「はぐっ⁉」

カザンさんが無理矢理に私の頭を別方向に向ける。グキッていったグキッて。

「よーく、目をこらしてみな」

言われるままにジッと見つめる。

書架。そこに詰まったたくさんの本。なんの変哲もない……

「んん……？」

そこに〝何か〟があった。

薄暗い図書館の中でもなお暗い……いや、黒い。それはまるで――

「これが〝シミ〟です」

私の代わりに静ちゃんが答えた。

ただの汚れというには存在感がありすぎる。動いてはいるけど生きている感じはしない。

確かに、これは〝シミ〟としか言いようがない。

よく見れば〝シミ〟は、棚に並んだ『原書』を少しずつ浸食しているようだった。

「コイツらはどんなに結界を張ろうが、『原書』があるところならどこにでもわいてきやがる。だからこうやって……ふんっ」

カザンさんがいきなり〝シミ〟を殴りつけた。

カザンさんの拳《こぶし》が触れた途端〝シミ〟は弾けて空気に溶けるように消えていった。

「わかっただろ。こいつが〝掃除〟だ」

「まったく、乱暴すぎますわ。葉月さんは真似しないでくださいませ」

静ちゃんは溜息混じりに呟くと、私に何かを差し出してきた。

見れば、それは魔法の練習で使った星のステッキだった。

「葉月さんはこれを使ってくださいまし」

「で、でも、どうやれば……」

「簡単です。〝シミ〟にあなたの魔力をぶつけるだけでいいのです」

確かにそれなら簡単だ。でも、どういう理屈なんだろう?

「〝シミ〟は別名『黒の魔法』とも呼ばれます。その理由は、わたくしたちの魔法と正反対の性質を持っているからです。わたくしたちの『白の魔法』をぶつけると相反する二つの性質が中和されるように消滅します。これを利用して〝シミ〟の掃除をするのがわたくしたちメドヘンの本来の役目なのです」

私の疑問を察して、静ちゃんが解説してくれた。

「なるほど。要するに、光属性と闇属性が合わさったら最強に見えるんじゃなくて両方消えちゃうってわけだね」

「……よく、わかりませんが。だいたいそんな感じです」

静ちゃんは理解することを諦《あきら》めたらしい。ある意味、息が合ってきたと言えるかもしれない。

「でも、それだったら『原書』に近づいたら消えちゃうんじゃないの？」

「『原書』はどちらにも属さない。言ってみりゃニュートラルな魔力の塊《かたまり》だ。アタシら契約者を通すことで色がつく。例えるなら、ただの水がコーヒーや紅茶になるみたいなもんだ」

なるほど、とってもわかりやすい例えだ。

「じゃあさっき〝シミ〟が『原書』にくっついてたのは……」

「ちっとは頭が回るようになったじゃねぇか。そうだ。〝シミ〟はな、『原書』を食うんだよ」

「『原書』を食べる……？」

それは、とても恐ろしいことのように聞こえた。

「〝シミ〟だけならそう恐れるほどのことはありません。人に直接害を及ぼすことはありませんし、心を惑《まど》わすといっても元からよほどの暗い感情を持っていなければ影響を受けることはないでしょう」

静ちゃんが言うには、戦争や貧困、身分の差別など、そういった暗い時代だからこそ〝シミ〟が猛威をふるったのだそうだ。

「ですが『原書』を喰らいその力を手に入れた〝シミ〟は黒い獣――魔法獣《フレック》になります。魔法獣は人も魔法使いもあらゆるものを喰らう恐ろしい怪物です。わたくしたちはそうなる前に〝シミ〟を駆除しなければならないのです」

黒い獣《けもの》、魔法獣フレック。想像するだに恐ろしい。

「ていうか、やっぱりシリアスバトル系⁉　しかも若干《じゃっかん》グロ表現あり⁉」

「落ち着けバカ」

「あいたっ⁉」

いきなりカザンさんのチョップをくらった。ていうかバカとな⁉

「ちゃんと最後まで話を聞け。アタシらメドヘンがやるのは〝シミ〟の掃除までだ。魔法獣なんてそうポンポン現れてたらとっくに人類は滅亡してるっつーの」

「へ……どゆこと？」

「原因がわかっているのだからあらかじめ対策を打っているということです」

思いの外《ほか》チョップのダメージが大きくて、ちょっぴり涙目になっていた私の頭を、静ちゃんが撫でてくれた。

「さっきも言った通り〝シミ〟はわたくしたちの魔法に弱いのです。ですから、たくさん魔法を使えば自然と〝シミ〟の発生は抑えられるのですよ」

なんと、そんな簡単な話だったのかー。

静ちゃんによると〝シミ〟がいったいなんなのかは今でも不明だが、『原書』がたくさんあるところに集まる性質があること、魔法獣になるにはかなりの時間に加えて『原書』を一つならず食べなければならないことがわかっているので、充分に対処可能なのだそうだ。稀《まれ》に魔法獣が出現したとしても、対処するのは私たちのような見習いじゃなくて学園を卒業した大人たち、本物の原書使いがあたるらしい。

「そしてなにより『ヘクセンナハト』があります」

最後に、静ちゃんの口からまたあの言葉が出た。

「先ほどから繰り返しておりますように、わたくしたちが魔法を使うだけで周辺の〝シミ〟の発生は抑えられます。それをより効率的に、世界中に拡散するための儀式が『ヘクセンナハト』なのですわ」

世界中にある魔法学園は、必ずこの原書図書館と対《つい》になって存在しているらしい。

そして原書図書館同士は魔法の力で繋がっていて、メドヘンたちが使う魔法を世界に広げる役目を担《にな》っているのだそうだ。

「メドヘンが持てる魔法の力を尽くして戦うことで世界に白の魔法が満たされ、黒の魔法は駆《く》逐《ちく》されます。つまりヘクセンナハトに出場するということは世界を守るということでもあるのです！」

静ちゃんは珍しく興奮した様子だった。

だけどテンションが上がっちゃう気持ちもわからないでもない。

だって世界を守るって、言葉以上にすごいことだと思うのだ。

魔王を倒すとか核ミサイルの発射を阻止《そし》するとか、実際にそんな大ピンチはほとんどなくて、起こったとしてもきっと私たちみたいなただの高校生はお呼びじゃないだろう。

でも、ヘクセンナハトに参加すれば確実に世界を守る手助けになる。どこかの誰かの不幸を未然に食い止めることができるのだ。

それはまさに物語の主人公のようではないか。

「すごい、すごいね！　静ちゃん！　私たちが世界を守るんだ⁉」

「ええ、そうですわ葉月さん！　すごいのですわ！」

私たちは思わず手を取り合ってはしゃいでいた。

なんだか静ちゃんの想いに自分も重なることができたような気がしていた。

「おめでたいこった。そもそも、オマエらはヘクセンナハトには出場できねえんだよ」

その時、そんな私たちにカザンさんの言葉が水を差した。

「えっと、どういう、こと……？」

「簡単だ。ヘクセンナハトに出場できるのは世界中の魔法学園のうち七つだけ。その最後の一枠をいただくのはアタシら諸国連合だからだ」

カザンさんは不敵に笑う。

「戦う前から勝利宣言ですか、カザンさん。あまりお上品ではなくってよ」

「心配してやってるだけさ。メンバーが足りずに不戦敗なんてことにならないかってな」

「くっ……！」

静ちゃんに動揺が走った。

「まあ、人数が揃ったところで負ける気はしねぇけどな」

「言ってくれますわね……」

睨み合う二人の間に見えない火花がバチバチと走っているみたいだった。

ていうか、このパターン、前にも見たことがあるような……。

「ここなら学園長が止めに来ることもないだろうな」

「ついでに〝シミ〟の掃除もできて一石二鳥ですわね」

二人ほとんど同時に手の中に『原書』を出現させる。もはや一触即発《いっしょくそくはつ》を通り越していつバトルがはじまってもおかしくない緊張感だった。

「ダ、ダメだよ！　こんなところで戦ったら本が！」

「うるせぇ、黙ってろ！」

「『原書』はそう簡単に壊れたりしませんわ！」

ダメだ。もう止まりそうもない！

どうしよう。こうなったら私が魔法で二人を――

そう思い『シンデレラ』を見た時だ。表紙になにやら真っ黒いものがくっついていた。

「ひっ！」

〝シミ〟だ。シミが私の『シンデレラ』を食べようとしている！

「きゃあああああっ！　だ、誰か取ってえええええ！」

「あ、こら、バカ！　落ち着け！」

「葉月さん！　振り回すのはやめてくださいまし！　〝シミ〟が取れませんわ！」

私は半狂乱になってぶんぶんと『シンデレラ』を振り回す。

そこから先は、本当にあっという間の出来事だった。

私の手からすっぽ抜けた『シンデレラ』はぴゅーっと飛んでいき静ちゃんのおでこに命中。その口から「ぷぎゅっ」という聞いたこともないような音が漏《も》れたことに我に返った私が目《ま》の当たりにしたのは、ゆっくり後ろに倒れていく静ちゃんだった。

「静、オマエそのおでこ……！　ぶはははははっ！」

保健室にカザンさんの笑いが響き渡った。

「笑いすぎですわよ！」

怒鳴った静ちゃんのおでこにはくっきりと赤い痣《あざ》ができていた。もちろん、原因は私だ。

あれから二人で（主《おも》にカザンさんが）静ちゃんを担《かつ》いで保健室に運んだ。

しかしこれが他の生徒たちに見られて、結構な大騒ぎになってしまった。

土御門さんが図書館でケガをしたという噂に尾ひれがついて、例の魔法獣とかいう怪物が出たんじゃないかと大騒ぎになってしまったのだ。

それから大慌てでやってきた白銀先生と加澄さんに事の次第を説明して、私は「大切な『原書』を投げるとは何事ですか！」とこってり絞られてしまった。

幸い、大事には至らなかったけど静ちゃんのキレイなおでこは見るも痛々しい有様だ。

「ふむ、これでよいだろう。しばらく冷やしておきたまえ」

「ありがとうございます。学園長」

学園長が静ちゃんのおでこを消毒して氷嚢《ひょうのう》を渡した。

なぜ学園長が保健室にいるのか？　その白衣はなに？　保健の先生はどこに行ったの？　とか、いつもなら気になりまくるところだけど、今はそんな気にもなれない。

ただただ、申し訳なくてうつむくばかりだ。

「ぶはははは っ！」

「だから笑いすぎです！」

「だってよぉ、あの土御門静を一撃で仕留《しと》めたんだぜ？　しかも、げ、『原書』をそのまま投げつけて……ぶっ、くくっ！」

カザンさんは相変わらず膝《ひざ》をバンバン叩いて笑っている。そして彼女が笑う度に私の申し訳ないゲージはぐんぐん上昇していった。

「学園長、生徒たちにはきちんと説明しておきました。これ以上騒ぐ者はいないでしょう」

「うむ。ありがとう白銀先生」

保健室に現れた白銀先生が簡潔に報告をして下がっていった。

「さて、鍵村くんはそろそろあちらへ帰る時間だろう」

「え……あ、はい」

言われてみれば、ずいぶんと遅い時間になってしまっていた。冴子さんに何か言い訳を考えておかなければいけないだろう。だけど、それよりもまずは静ちゃんにもう一度ちゃんと謝りたかった。

保健室を出た後もカザンさんは上機嫌に静ちゃんと話していた。

私は後ろで二人のやり取りを聞きながら、声をかけるチャンスをうかがう。

「はー、久しぶりに笑った笑った。にしても、さすが〝鉄壁要塞《ようさい》〟のメドヘンだ。デコもめちゃくちゃ頑丈だな！」

「デコデコ言わないでくださいませ！　あと〝鉄壁〟だの〝要塞〟だのも！」

「いいじゃねぇか。二つ名がつくってことは、そんだけ実力が認められてるってことだろ」

「雅《みやび》に欠けると言っているのですわ。そんな二つ名」

静ちゃんが不機嫌そうに鼻を鳴らす。

「あ、あのっ」

「どうかしましたか？　葉月さん」

「えっと……ごめんなさい！」

「そう何度も謝らなくてもかまいませんわ。だいたい葉月さんは悪気があってやったわけじゃないのですから」

「でも……私のせいだし……顔、傷になったりしたら……」

口に出せば出すだけ罪悪感がつのる。

ただのぼっちなら誰にも迷惑はかけない。でも、今の私は魔法の特訓でも静ちゃんに頼りっぱなしで、それなのに……。

「あたっ⁉」

突然、静ちゃんが私おでこをコツンと小突いた。

「え？　え？」

「はい。これでおあいこですわ」

混乱する私に、静ちゃんは笑いかけてくれる。

「だから、これ以上謝ったりしたら許しませんわよ」

「……うん」

嬉しかった。小突かれたおでこの痛みもなんだか心地いいくらいだ。

「そうそう気にするな。むしろ自慢していいぜ」

カザンさんが私の肩に腕を回して顔を寄せてくる。そうして耳元で囁《ささや》いた。

「つーかさ、オマエ、今のうちにアタシのチームに鞍替《くらが》えしないか？　なんせ、あの土御門静

を倒した新人だ。すげぇ戦力になるかもしれねぇ」

「ええっ⁉」

「うちのメンバーを勧誘しないでくださいませ！」

「おっと、聞かれたか。ま、考えといてくれよっ」

カザンさんは私の背中を叩いてそう言うと、逃げるように去っていった。


静ちゃんのおかげで、少しだけ気持ちが上向いた。

あと、そうだ。カザンさんにも感謝だ。意地悪なことも言うし、ちょっぴり乱暴だけど、決して悪い人じゃないと思うのだ。

いつもよりだいぶ遅くに帰宅すると、冴子さんと美沙さんが先に帰ってきていた。

しまった。言い訳を考えていなかった。と思ったがもう手遅れだった。

「おかえりなさい、葉月さん。今日も部活ですか？　あまり遅くなるようなら電話かメールをするようにしなさい」

「は、はい。気をつけます……」

そういえば、冴子さんには部活をはじめたと嘘をついていたんだった。

「部活？　アンタが？」

う……美沙さんの視線が痛い。

どことなく疑っているような気がする。

「わ、私、疲れてるのでっ！」

視線に耐えかねて、私はバタバタと自室に戻った。

扉を閉めてやっと一人になったところで大きく息をつく。

「はぁ……危なかったぁ。バレてないよね……？」

でも、同じ学校に通ってるんだし、私が部活なんてしてないことはいずれバレそうだ。

「なにか、他に言い訳を考えとかないとなぁ……」

疲れた身体をベッドに預けて考えをめぐらせる。

だけど、それは手遅れだった。


翌日のお昼休み。いつものようにぼっち飯にいそしもうと屋上へと急いでいた私は、待ち構えていた美沙さんに捕まってしまい、そのままひとけのない場所まで連行されてしまった。

「アンタ、部活やってるなんて嘘でしょ」

壁際《かべぎわ》に追い詰められた。私よりずっと背の高い美沙さんが覆い被《かぶ》さるようにして見おろしてくる。まさか噂の「壁ドン」を義理の姉にされるとは。

……いやいや、他人事のように思っている場合ではない。

「毎日、放課後になるとすぐに学校を出ていってるのもこっちはとっくに知ってんのよ」

「あ、あう……」

「ほら、はっきり答えなさいよ！」

こ、怖い……。

口の中がカラカラに渇いてくる。ドクンドクンと心臓が跳ねまわり、目の前の景色がぐるぐるまわり始めたような錯覚を起こした。

「うっ……！」

——また、アレが来る。

そう思った私は思わずポケットから読みかけの文庫本を取り出した。

「ちょ、ちょっとアンタこんな時に……！」

「お、お願いだから少しだけ待って！」

読む。読む。読む。

文字をなぞって言葉をたぐり寄せる。ここにいるのは私じゃない。そう思い込むように物語の世界に意識を投げ出していく。

「……ふぅ」

見開きの二ページを読み終えると、少しだけ落ち着いた。相変わらず心臓の鼓動は速いけど大丈夫だ。私は以前の私とは違うんだから。

「あ、あのね！」

私は美沙さんをまっすぐに見つめると説明をはじめた。

自分が今、本当にやりたいことがあること。

すぐには説明できないけど、ちゃんと結果が出たら冴子さんにも話そうと思っていたこと。

魔法については今は保留だ。すぐには信じてくれないだろうし、信じてもらうためにも私は魔法が使えるようにならなければいけない。

「だ、だからね、もっと練習して、上手になりたいの。なんていうか、認められたいっていうか、その子と一緒にいたいっていうか……えっと、だから……」

「わかった。もういいわ」

私が話している間、ずっと怖い顔をしていた美沙さんが急に言う。

「え……あの、でも……」

「もういいって言ったでしょ。てかさ、もっと早くアタシに言いなさいよ」

「ふへ……？」

美沙さんの予想外のリアクションに私は思わず間抜けな顔で返事をする。

なんだろう、美沙さんが急に優しくなった。

「でも、会いたくてわざわざ他校まで乗り込んでいくなんて、思ったより根性あるじゃん」

「え、う、うん……まあ、成り行きというか勢いというか……」

「で、どんなヤツなの？　カッコイイ？」

「カッコイイっていうか、キレイ……かな？　すごく上品で、お家も立派なとこだって」

「あーあーなるほど。そっち系ね。つーか、上手《うま》くいったら玉の輿《こし》じゃん。アンタ、本気でがんばりなさいよ」

「うん……うん？」

玉の輿？

ん……？　待って。なにか私と美沙さんの間に認識の齟齬《そご》があるような気がしてきた。

「あ、あのね、なにかすごく誤解があるような……」

「は？　だから、その子のこと好きなんでしょ？」

んんんっ⁉

「た、確かに好きだけど、それは友達になりたいってことで、あの、その、つまり……！」

「はぁ？　なに小学生みたいなこと言ってんのよ。どうせなら友達以上になっちゃえばいいじゃん。そんで付き合ってみて、ダメなら別れる。それでいいじゃん」

あああ……！　違う、そうじゃないの！

美沙さんは根本的に間違ってるの！

「正直さ、妹とかウザって思ってたのよね。しかもアンタってずっと本ばっか読んでて意味わかんないし。絶対に話合わないわーって。まあ、再婚のことはママの自由だからアタシもてきとーに合わせるつもりだったんだけど……うん。そういうことなら協力してあげる」

「う、うん、ありがとう……じゃなくて！」

「がんばりなさいよ！　ママには上手く言っといてあげるから！」

「ちょ、ちょっと待って違うの！　お願いだから話を聞いてーっ！」

勘違いすぎるセリフを残して去っていく美沙さんを見送って、私はあらためて思う。

やっぱり、リア充とは嚙み合わない……と。

第四章 ユーミリア・カザンは躊躇わない

楽しい時間はあっという間にすぎてしまいました。もうすぐ十二時です。

「たいへん、魔法が解けてしまうわ！」

シンデレラは慌《あわ》てて走り出します。

その時、とてもとても大切なガラスの靴を片方なくしてしまいました。


あれから何度か誤解を解こうと試みたものの、すっかり〝恋の応援〟モードに入ってしまった美沙《みさ》さんは「恋って、最初はなかなか認めたくないものよね……」などと遠い目をするばかりで、ちっとも話を聞いてくれなかった。

それにしても、美沙さんがあんなに思い込みの激しいタイプだったとは。

美人で頭も良くて男女問わず友達がたくさんいて、学校では誰もが知っている人気者。私なんかとは住む世界が違うスクールカーストの頂点——

ずっとそんなふうに思っていたけど、実際は私とそんなに変わらない、恋バナが大好きな今どきの女子高生だった。

「私、いろいろ考え過ぎてたのかなぁ……」

私のぼっち人生、ずいぶんと余計な不安ばかり抱《かか》えてきたのかもしれない。

念のため言っておくと、私は別に静《しず》ちゃんと姉妹の契《ちぎ》り的なものを結びたいわけではない。

もっと気軽で気安い関係──すなわち『お友達』になりたいのだ。

というわけで、私は今日も魔法学園へと足を運ぶのだった。


「……いきます！」

私は気合いを入れると、体育館の隅に積み上がったカボチャの山に星のステッキを向ける。

そうして心の中で〝カボチャよ、歩け！〟と強く念じた。

ステッキの先端から光の雫《しずく》がほとばしりカボチャの山に飛んでいく。次の瞬間、一番上のカボチャが〝ぴょん！〟と勢いよく飛び上がった。

「えっと……〝整列〟」

最初に動き出したのを先頭に、大小様々なカボチャたちが一列に並んだ。

調子の出てきた私は、続けて指示を与える。

「そのまま〝行進〟！」

カボチャたちは私の命じるまま、左右に揺れながら前に進みはじめた。

「そうそう、いっちに♪　いっちに♪」

私が指揮者のようにステッキを振れば、カボチャたちはその通りにリズミカルに進んでいく。

「じゃあ、そのまま体育館から出て、あっちの焼却炉まで行くんだよ。到着したら邪魔にならないように積み上がること。って、こらっ、そこ、前の子にぶつからないのっ。ああっ、そっちに行っちゃダメだってば。一列になって！」

やたら先頭になりたがったり、好奇心旺盛《おうせい》で列からはみ出そうとしたり、それぞれ性格（？）の違う子たちに悪戦苦闘しつつも、なんとか体育館を占拠していたカボチャを外へ運び出すことに成功した。

「素晴らしいです！　葉月《はづき》さん！」

すると、戻ってきた私を静ちゃんは熱烈に出迎えてくれた。

「これほど複雑な魔法をいきなり成功させるなんて驚きました。できることに偏《かたよ》りはありますが、もう基礎は卒業……いいえ、それどころかアカデミーでより高度な魔法に挑戦してもいいくらいですわ」

めずらしく興奮した様子の静ちゃんを前に、いつもは私を笑ってばかりの年少組の子たちも、今日ばかりは驚きとほんの少しの賞賛が混じったような顔をしていた。

「えへへ……もしかして、私、けっこうすごい？」

「調子乗りすぎ」

と、浮かれた私に加澄《かすみ》さんが釘を刺した。

「でも……まあ、今日のはちょっとすごい」

あの加澄さんが、私を素直に褒《ほ》めてくれたことに逆に驚いてしまう。

「物に一時的に意思を与えるのはとても高度な魔法なのです。それも一度にあんなにたくさん。それぞれ違った〝個性〟まで持たせるなんて、よほど強いイメージがなければできませんわ」

よくわからないけど、静ちゃんの興奮だけは伝わってくる。

「不思議ですわ……。これだけのことができて、どうしてもっとずっと単純な〝呪い〟は失敗するのでしょう」

「そ、それは……」

静ちゃんの言っている〝呪い〟というのは、相手に痛みを与えたりする、ごくごく簡単な魔法のことだ。それこそ、オモチャのステッキで光を飛ばすのと大差ないくらいだという。

先日、年少組の子たちに交《ま》じって私も挑戦してみた。

結果は失敗。

呪いどころかステッキは光りもしなかった。小さい子たちはお互いに呪いをぶつけ合って大はしゃぎしてたというのに。私も何度かお尻《しり》にチクっとやられてしまった。

「どうせ、呪いって聞いてビビった」

「うっ……」

加澄さんが図星をついてきた。

「確かに言葉の響きは良くないかもしれませんが、ただの護身用の魔法ですわ」

「う、うん、理屈ではわかってるんだけど……」

やっぱり、人を傷つけると思うとどうしても尻込みしてしまう。

「葉月さんはブーフ・ヒュレもまだ上手《うま》くできないようですし……なんと言いますか、本当にちぐはぐですわね」

静ちゃんは頬に手を当てて溜息をつく。

「ごめんね、私、鈍《どん》くさくて……」

「い、いえ、責めているわけではありませんわ。向き不向きというものがありますし」

慌《あわ》ててフォローしてくれる静ちゃんの気遣《きづか》いも、今はちょっぴり胸に痛かった。

「でも、ブーフ・ヒュレができないと困る」

「ええ、加澄さんのおっしゃる通りなのですが……」

「その、ぶ、ぶーひゅ、ひゅ……」

「ブーフ・ヒュレ、ですわ」

「うう……えっと、その〝変身〟ができないと、そんなに困るの？」

私も自分がどんな衣装になるのか大いに関心があるのだけど、こちらも呪いと同じようにいまだ一度も成功していなかった。

「以前にもお話ししましたように、ブーフ・ヒュレは『原書』の力を効率よく引き出すために必要なのですが、やはり一番は身を守るためです」

「身を守る……？」

「ブーフ・ヒュレは契約者を守る魔法の鎧《よろい》です。ヘクセンナハトでは試合ごとに勝利条件が設定されますが、安全のためブーフ・ヒュレを破壊された者は退場となるというルールだけは変わりません」

なるほど、安全には配慮されてるって言ってたのはそういうことだったのかぁ。

「大丈夫です。この分なら、きっかけさえ摑めばすぐにブーフ・ヒュレもできるようになりますわ。それにヘクセンナハトはチーム戦ですから、直接戦わなくても仲間を援護するような魔法を身につけて後衛にいればケガをすることはほとんどありませんわ」

「うん……がんばるよ、私」

静ちゃんはいつでも私のことを気遣ってくれる。

それはすごく嬉しいし、危険がないと言われるとホッとする。でも、自分だけ後ろに隠れているというのはすごく申し訳ない気もするのだ。

私みたいに鈍くさいのが隣にいても邪魔になるだけだとわかっていても……。

などと、ちょっぴり落ち込んでいると、以前にも見た亀さんが私たちの前にやってきた。

「えーと……白銀《しろがね》先生だよね？」

「あれは亀」

加澄さんはああ言ったけど、どうせまたぼわーんと煙の中から現れるんじゃないか。

と、思ったらいきなり亀さんがしゃべりはじめた。

『土御門《つちみかど》静、至急、学院長室まで来てくれたまえ』

亀さんは、学園長さんの声で二度繰り返すとまたのそのそと戻っていく。

「まさか、学園長さんが⁉」

「いや、だから亀だって」

加澄さんが何度も言わせるなとばかりに言う。

「あれは伝言の魔法です。今は、あまり使う人はいませんが……」

そう言うと静ちゃんは少し決まりの悪そうな顔をする。

「申し訳ありません。わたくし、少し用ができてしまいました。今日の特訓はここまでにさせてくださいませ」

「う、うん」

用事ってなんだろう……。

結局、聞くことができないまま。静ちゃんはホウキに跨《また》がって校舎の方へと戻っていった。

「伝言の魔法かぁ……確かに、スマホの方が便利だし手っ取り早いよね」

魔法使いたちの間にもIT化の流れはしっかり浸透しているらしく、みんな当たり前のようにスマホを持っている。個人的にはもっと魔法的なアイテムであってほしいけれど、便利さには代えられないだろう。

「そういえば、静ちゃんってスマホとか使ってるとこ見たことないなぁ」

「静、電話とか、苦手だから」

「え、そうなの？」

予想外の事態だ。番号交換とかしたかったのに。

でも、スマホが苦手って機械オンチってこと？　それとも古風なお嬢様の静ちゃんのことだから、そのような無粋《ぶすい》な機械使いませんことよ。オホホホ。ってそんな感じ？

「いま、ちょっと失礼なこと考えた？」

「う……か、考えてないよ。オホホホ……」

またも図星をついてくる加澄さんを愛想笑いで誤魔化した。

＊

静は学園長のもとへ向かいながら、少しばかり憂鬱《ゆううつ》な気分だった。

学園長の呼び出しの理由はだいたい想像がついている。だからこそ、足取りも重くなろうというものだ。

学園長の執務室の前までやってくると、静は一度大きく息を吐く。

気合いを入れなければ。ここからは土御門家の当主としての時間だ。

「失礼します」

「これはこれは土御門のご当主。お待ちしておりましたよ」

ノックをしてから執務室に足を踏み入れると、見慣れぬ男の張りついた笑顔が静を出迎えた。

「静くん、こちらは『十三人委員会』から派遣された、この度《たび》の審判どのだ」

『十三人委員会』とは魔法使いの始祖たる十三人の魔女の後継者たちによってなる、魔法使いの統一意思決定機関だ。

「お初にお目にかかります。土御門静と申します」

静はいつもの何倍も丁寧《ていねい》に礼をする。

決して粗相《そそう》があってはならなかった。印象を悪くすれば、それこそ土御門家だけでなくこの学園やひいては日本の魔法使いたちが不利益を被《こうむ》ることになる。

それほどの力が『十三人委員会』にはある。

「さっそくですが、予選の日程が決まりました。日時はこちらの暦《こよみ》で十二月二十五日。事情を考慮してギリギリまで待ちましたが、これ以上の延期は難しいとお考えください」

「はい、理解しております。ご配慮、ありがとうございます」

ヘクセンナハトは魔法使いにとって神聖な儀式だ。そのため強豪校である日本が人数不足で不戦敗という不名誉な事態を『十三人委員会』は良しとしなかった。

おかげでカザンたちとの予選最終戦はこれまで延び延びになっていた。

「しかし困りましたな。日本はこれほど〝戦える〟者が減っているとは。委員会も非常に憂慮《ゆうりよ》しております。ことによっては日本校の廃校も視野に――」

「待ってください！　それではあまりにも……！」

「落ち着きたまえ、静くん」

学園長は静を制止すると、あらためて使いの男性に向き直る。

「おっしゃることはわかります。ですが七年前のあの惨事で、この国は多くの原書使いを失いました。今は立て直しをはかっている最中です」

「ええ、実に残念です。貴重な『原書』が数多く失われた」

「『原書』が、ですか……」

委員会から来た男の物言いに、学園長は思わず眉根《まゆね》を寄せた。

「魔法獣《フレック》に喰われた『原書』は二度と戻らない。『原書使い』ならば、その身を賭《と》してでも『原書』を守るべきでした」

さも当然のように男は言った。

人の命よりも『原書』の方が貴重で大事だと、そう言っているのだ。

「そういえば、ご当主のお母さまもその時に亡くなられたとか。いや、ご立派なことです。その『かぐや姫』をあなたに遺《のこ》されたのですから。契約者の替えはいくらでもいますが『原書』は唯一無二のもの。先代のご当主はよくわかっていらっしゃったのでしょう」

静は言葉を失った。

母のことを悼《いた》んだり賞賛するような言葉は何度となく耳にしてきたが、こんなふうに言われたのは初めてだった。

この男は契約者の命よりも『原書』の方が大事であると、心の底から信じている。

異質で異様な存在を前にして、静は怒りよりもむしろ困惑《こんわく》していた。

「ああ、そういえば、『シンデレラ』の『原書』が見つかったそうですね」

「っ……！」

その言葉は、硬直していた静の心に不意打ちのように突き刺さった。

「しかも契約したのは魔女の血を持たない娘だとか。気をつけてください。我ら魔法使いの恩《おん》寵《ちょう》も知らないあちらの人間たちは利己的で身勝手な者ばかりです。自分が『原書』のための部品でしかないことをきちんと教え込んでいただかないと。……そうです、いっそのこと記憶を消すなり書き換えてしまえばどうですか?」

恐ろしいプランを提示されて静は思わず男に食ってかかりそうになる。が、それを学園長の手が制止する。静に軽く目配せをすると、あらためて委員会の男に告げる。

「それには及びません。鍵村《かぎむら》葉月は……『シンデレラ』の契約者は、他のどんな魔女よりも物語を愛しています。すべてを捧《ささ》げていると言ってもいい」

「なら、良いのですが」

まだ少し不満そうにしながらも男は一旦引き下がった。だが、この分ではまたどんなことを言いだすかわからなかった。

もしかすると、自分は鍵村葉月の人生を大きく歪《ゆが》めてしまったのではないだろうか。

『シンデレラ』という伝説的な原書を目の前にして、彼女の気持ちなど考えないままチームに引き入れようとしてしまった。

それは、人命よりも『原書』が大事であると臆面《おくめん》もなく言ってのけるこの男と同じではないか。

静は急に恐ろしくなった。

「では、わたしはこれで失礼させていただきます」

男の言葉で静はハッと我に返る。

そうして委員会の男が引き上げていった後、学園長が静を気遣うように言う。

「あまり気に病《や》むことはない」

「はい……」

静はうなずく。黒くて重たいナニかが少しずつ静の胸の中に広がっていた。

＊

いつものように屋上でぼっちな昼食を済ませて教室へ戻ろうとしていたら、ふいに楽しげな笑い声が耳に飛び込んできた。

普段なら気にも留《と》めないところだけど、どうにもその声には聞き覚えがあったのでこっそり物陰から覗《のぞ》いてみれば、美沙さんが誰か知らない男子とおしゃべりをしていた。

相手の男子はフレームの細いメガネをかけた、いかにも勉強のできそうな真面目《まじめ》なタイプで、派手目な美沙さんとは対照的だった。

そんなメガネ男子を前に、見たこともないくらいはにかんでいる美沙さんを目の当《ま》たりにした私はピーンときたわけです。つまりはこの人が意中の相手であると。

意外ではあったけど、なるほど美沙さんは自分にないものを異性に求めるタイプだったのか。

どうやら一緒にお昼を食べてきた後らしく、美沙さんがメガネ男子の制服についた汚れを丁寧に拭《ふ》いてあげている。実に仲むつまじい光景だった。

でも、そうか……一緒に食事をするのは、仲良くなる一番の近道であると、ものの本にも書いてあった。静ちゃんとはあのファストフードでの一件からグッと距離が縮まった気がするし、今一度、この手を使うのもありかもしれない。

「アンタ、なにコソコソしてんのよ」

あっさり見つかってしまった。

「ど、どうも～……」

愛想笑いを浮かべつつ、仕方なく二人の前に出頭する私。

「君が真田《さなだ》さんの義妹《いもうと》さんか」

にこやかに声をかけてきたメガネ男子は三年生の先輩だった。

なんでも、生徒会に所属していて美沙さんとは来月のプロムのことで打ち合わせをしていたのだという。いや、行事の打ち合わせなんていう雰囲気じゃなかったよ？　もっとこうイチャイチャというかベタベタというか……。

そうやってなんとなく二人の関係を目で探っていると、いきなり美沙さんが「ちょっとこっち来なさい」と私を連行する。

「アンタ、変なこと想像してないでしょうね」

「へ、変なこと……？」

「言っておくけど、アタシと王寺《おうじ》先輩はなんでもないんだからっ」

へえ、王寺先輩っていうんだ。ていうか、美沙さんでも照れたりするんだ。

「だいたいアンタは自分の方をなんとかしなさい」

そうだった。相変わらず放課後に魔法学園に行ってる件は、好きな人に会いに行ってると誤解されていたんだった。

「えっとね、そのことなんだけど、私は本当に……」

「とにかく、余計なこと考えないよーに！」

そう私に釘を刺すと、美沙さんはメガネ男子あらため王寺先輩と一緒に行ってしまう。

「だから、違うんだってばぁ……」


放課後、私は今日も魔法学園へやってきた。

「ふふーん♪　いっぱい買っちゃった♪」

今日はファストフード店に寄っていろいろ買い込んできた。特訓が一段落ついたところで、静ちゃんと一緒に食べるためだ。

ところが、そんな浮かれた私を待っていたのは、静ちゃんではなく加澄さんだった。

「あれ？　静ちゃんは？」

「静は、用事がある」

なにか嫌なことでもあったのか、少しふて腐れた様子で言うと、加澄さんはさっさと歩き出した。用事ってなんだろうと思いつつも聞けないまま、私はその後についていく。

そうこうしていると、途中で人だかりにぶつかった。

校舎の中庭を囲む渡り廊下に大勢の生徒が集まっている。

「お、期待の新人じゃねぇか」

と、そんな人だかりの中から私たちに気づいたカザンさんが声をかけてくる。

「うう……それやめてください」

「いいじゃねぇか。土御門静を倒したのは事実なんだしよ。勝負にはハッタリも必要だぜ」

ハッタリというよりデマカセではないだろうか。というツッコミはグッと飲み込んだ。

「あの、どうしてみんな集まってるんですか？」

「ん？　なんだ、説明してやらなかったのか？」

「どうせすぐわかる」

加澄さんはめんどくさそうに返した。

「新人にはもう少し優しくしてやれよ。まあ、静は過保護すぎるけどよ」

カザンさんが溜息をついた時、生徒たちの間から歓声がおこった。

私は、そんな生徒たちの視線が集まる先に目を向ける。そこに廊下を歩いていく見慣れない集団がいた。それぞれ違う色の制服を着ているところからすると、この学園の生徒ではないのだろう。だいいち、顔立ちや髪の色からして日本人じゃない。

「あれが、ヘクセンナハトに出場する各校のメンバーたちだ」

私の頭に浮かんでいた疑問に答えるように、カザンさんが言った。

「でも、本戦？　っていうのは、まだずっと先だって静ちゃんが」

「ヘクセンナハトは一カ月以上かけて行われる一大イベントだからな。いまのうちから現地入りして準備をはじめるのさ」

なるほど。確かにオリンピックでもアスリートたちは早めに選手村に入っておいて当日までにコンディションを整えたりするし、それと同じようなものだろう。

「じゃあ、あそこにいる人たちと戦うかもなんだ……」

口に出してはみたものの、相変わらず私には「戦う」ということがピンとこなかった。

その時、ギャラリーから一際《ひときわ》大きな歓声がわいた。

カザンさんの視線の先、他の人たちから遅れてやってくる三人の少女たちがいた。

「三強がお出ましだ」

「三強って、なんですか？」

「今年の優勝候補三校のリーダーのことだ。背の高い方がドイツ校のアガーテ・アーリア。もう一人のやたら髪の長いのがイギリス校のアーサー・ペンドラゴンだ」

カザンさんが教えてくれた。アガーテさんは背が高くてキリッとしていて、歩き方からして風格があった。武術の達人は立ち居振る舞いからただ者じゃないとわかると本に書いてあったけど、なるほどこういうことかと私は納得した。

その一方、アーサーさんはというと、すごく不思議な雰囲気の人だった。

華奢《きゃしゃ》な身体つきに無造作に伸ばした長い髪、肌なんか真っ白で、どこか現実離れしているというか、人間らしい生命力が希薄というか、しいて言うなら妖精や天使のようなこの世のものじゃない美しさを持つ少女だった。

そして最後の一人は静ちゃんだった。

あんな見るからに凄《すご》そうな二人と並んでも決して見劣りなんてしない。ううん、むしろ堂々としていて誰よりもカッコいい。

「むふ……むふふふ……」

「んだぁ？　ニヤニヤして」

「キモ……」

隣でカザンさんと加澄さんが何やら言っていたけど気にしない。

そうこうしているうちに、静ちゃんたちは揃ってどこかへ行ってしまう。ギャラリーたちもあっという間に散っていった。私も、もうちょっと見物していたかったのでちょっぴり残念だ。

「それにしても、他の学校の生徒なのにすごく人気があるんですね」

集まったギャラリーたちはこぞって他校のリーダーたちに黄色い声援を贈っている。

「ヘクセンナハトは世界中の魔法使いが注目するイベントだからな。当然、出場するメドヘンたちだって有名人だ。とくに各校のリーダーともなると、ファンだって山ほどいる」

「そ、そんなにすごいイベントだったんだ……」

「ほら、見てみな」

カザンさんは自分のスマートフォンを差し出してくる。

画面に表示されているページを見て、私は思わず声をあげた。

「静ちゃん⁉　それに加澄さんも⁉　なにこれ！」

「なにって、ネットのニュース記事だよ。日本は強豪校の一つだからな、そりゃ注目もされる。とくに静は今年三強と言われているメドヘンの一人だ。非公式のファンサイトだって一つや二つじゃねぇ」

非公式ファンサイト⁉　なにそれどういうこと⁉

食い入るように画面を覗き込むと、そこには静ちゃんの名前や年齢、生年月日に出身地、さらにはスリーサイズまで記載されてた。個人情報保護法とかどうなってるんだ。

ページには各校の出場者が網羅《もうら》されていてプロのスポーツ選手みたいな扱いだった。

まさにサッカーのワールドカップかオリンピックだ。世界中の人がヘクセンナハトに注目しているというのは文字通りの意味らしい。

って、よく考えてみれば、これで静ちゃんの誕生日が判明！

「ほうほう、誕生日は十二月……クリスマスなんだ。これは急いで準備しないと……」

「なーにガン見してんだよ。つーかオマエ、他人事《ひとごと》だと思ってねぇか？」

「え？　なにがですか？」

「あのな、オマエだってそのうちここに名前が載《の》るんだよ。しかも、あの『シンデレラ』と契約したとなりゃあ、静と同じくらい注目されるに決まってる」

「ええっ⁉　む、無理無理無理無理！　私、無理です！」

「今さらなに言ってんだ。試合は世界中の魔法使いが見るんだぞ」

「世界中⁉」

そんな話ちっとも聞いてないよ⁉

ど、どど、どうしよう⁉

そうやって私がひとりでパニクっていると――

「姐《あね》さ～ん！」

そう言って、人波をかき分けるようにして駆け寄ってくる人たちがいた。

短い赤髪に吊り目、どこか猫みたいな明るい女の子と、灰色の髪を後ろで無造作に二つに束ねたひどく陰気な女の子。見るからに真逆《まぎやく》な二人だった。

その人を見てカザンさんが声をあげる。

「シャルル！　それにモリーも！　オマエら、やけに早く着いたな？」

「もちろん、姐さんのために急いで駆けつけたッス。日本までこう海を泳いで……あたっ」

「だから適当な嘘つくなっていつも言ってるだろうが」

「あたた……だからってそんな本気で殴《なぐ》らなくても……」

「くるま、乗せてもらった」

「車だぁ？」

カザンさんがなんとも言えない顔をしてると、

「わたしだよ」

やってきたのは金髪の可愛らしい女の子だった。

クルッとした巻き毛に下がり気味な目尻、全体的にふんわりとした印象の女の子だ。

「久しぶりっ、カザンちゃん！」

「テメエ、なんで……」

「だって、その子たちヒッチハイクで日本まで来ようとしてたんだよ？　ほっといたら途中で干からびて死んじゃうと思ってわたしたちの車に乗せてあげたの。それよりもっ、せっかくの再会なのに挨拶《あいさつ》はなしぃ？　ひっどーい」

巻き毛の女の子は頰を膨《ふく》らませる。いちいち仕草が子供っぽくて可愛らしい子だった。

すると、私に気づいた女の子がニッコリ笑って声をかけてくる。

「アメリカ校のリン・デイヴスよ。よろしくね、鍵村葉月さん」

いきなり握手を求められて、というか名前を呼ばれて私はビックリしてしまった。

「えと……どうして、私の名前を？」

差し出された手をおっかなびっくり握り返しながら尋《たず》ねた。

「もちろん知ってるよ！　だって、あの『シンデレラ』と契約した子だもん！　ずっと行方《ゆくえ》不明だった伝説の原書が日本の、しかも魔法使いじゃない女の子が持ってたなんて。ねえねえ、どこで見つけたの？　どうやって契約したの？」

「ど、どうやってと言われても……」

いつの間にか家にありました。とか言っても信じてもらえないだろうなぁ。

「そのくらいにしとけよ。本戦に出るやつらはこれからいろいろやることがあるんだろ」

カザンさん、助けてくれた……？

「ざーんねん。それじゃ、また後でね♪」

リンさんは可愛くウィンクをして去っていく。

「……相変わらずマイペースなやつだ」

そんなリンさんを見送ってカザンさんは溜息をつく。

「ところで姐さん、そいつなんすか？　うちの新人っすか」

すると、カザンさんのお仲間さんが私のことをジーッと見ながら言った。

「ああ、コイツは新入りは新入りでも日本校の新入りだ」

「なに！　つーことは敵か！」

うひいっ！　なんかいきなり好戦的になってる！

「やめろバカ！」

「あだっ⁉」

シャルルさんはポカッと頭を殴られる。

「だいたい、日本校はアタシらに寝床から何から用意してくれてんだ。まずはその礼だろうが」

「はっ、そうでした！　あざーっす！」

「……ありが、とう」

カザンさんに叱《しか》られた途端、殊勝《しゆしょう》な態度で頭を下げる。

「え、わ、私はなにも……」

「なに！　じゃあやっぱ敵か！」

「だからやめろっつーの！」

シャルルさんをもう一度ポカッとやった後で、カザンさんは盛大に溜息をついた。

「悪いな、コイツらバカで単純だからよ、すぐ暴走しやがるんだ」

「ふっふっふ……姐さん、日本じゃバカって言う方がバカなんすよ。つまり、姐さんの方がバカってことになりますね！」

「じゃあ、今、アタシのことをバカっつったオマエはどうなるんだ？」

「え……あ、あれ？　姐さんがバカって言ったからあたしはバカじゃなくて姐さんがバカだけどあたしが姐さんをバカって言ったからあたしもバカってことになって……ああああああっ！　わけわかんなくなってきた⁉」

「な？　バカだろ、コイツ」

「……バカは死ななきゃ治らない……ククッ」

「あ、こらてめぇモリー！　姐さんはともかくおまえに言われたくねぇぞ！」

「だからケンカするなっつってるだろうが！」

お互い罵《ののし》り合っているけど、そこには強い信頼関係が見えた。

……なんか、いいなぁ。

「なにニヤニヤしてんだ？」

「あ、あの、これは、その、みなさん仲良しだなと思って」

「当然！　うちらと姐さんは一心同体だからな！」

「……カザン、いつもいっしょ。病《や》める時も悩める時も……ククッ」

「アタシとしちゃ、さっさと自立してほしいけどな」

カザンさんは苦笑いをしながら言ったけど、私にはどこか嬉しそうに見えた。


体育館の中にある更衣室は私ひとりの貸し切り状態だった。

いつものように体操着に着替えながら、私はなんとなくさっきのことを思い出していた。

ドイツ校のアガーテさんに、イギリス校のアーサーさん。

ぜんぜん違うタイプの二人だけど、さすがリーダーだけあって、どちらも「この人について いけば大丈夫だ」と思えるような雰囲気があった。

あ、もちろん静ちゃんも負けてないからね。

だけど反対に、アメリカ校のリーダー、リン・デイヴスという子は……怖かった。

フレンドリーだけど微塵《みじん》も本心は見せていなくて、笑顔の奥に得体《えたい》の知れない何かが隠れている——そんな感じだった。握手をした瞬間、思わずゾクッとしたのが忘れられない。

あんな人たちと戦うなんて、私にできるのだろうか。

「おい、おーい」

そもそも魔法で戦うってどういう感じなんだろう？　ＲＰＧみたいに火や氷で相手のＨＰを０にするというのとはなんだか違う気がする。

ともかく、せめて静ちゃんたちの足を引っ張ることだけにはならないようにしたい。

「おいこら、聞こえてんのか！」

「うひぁ⁉」

ちょうどブルマに片足をつっ込もうとしていたところだったので、私はバランスを崩して転んでしまった。

「カ、カザンさん⁉　ど、どうしてここにいるんですか⁉」

「どうしてもなにも、ずっといたよ。オマエが気づいてなかっただけだ」

じゃあ、私は人がいるのに堂々と着替えをはじめたんだ。うう、恥ずかしい……。

「それで、な、なにかご用ですか」

「そう警戒するな。別に探りを入れようってわけじゃねぇ」

「じゃあ……」

「ちょっと……な。他校の連中にオマエがビビってたみたいだったからよ」

カザンさんは少し照れくさそうに頬をかく。

もしかして、心配して来てくれた？

「まあ、その調子じゃ大丈夫そうだな。ったく、アタシもなにやってんだか。敵の心配してる場合じゃないだろうがよ……」

「あ、あの！」

更衣室を出ていこうとしていたカザンさんが立ち止まってこちらを振り返る。

「心配してくれて、ありがとうございます……」

「へっ、そんなんじゃねーよ」

カザンさんはまた照れくさそうに笑った。


着替えて体育館に戻ると、加澄さんとカザンさんのお仲間さんたちが待っていた。

三人で車座になって何かを食べている。

「って、それ私のハンバーガー！」

「ごっそさん！　いやー、ヒッチハイクの間ずっと何も食べてなかったから助かったぜ！」

満腹だとでも言うように腹を叩くシャルルさん。

「シャルル！　テメェまた人のもんくすねたのか！」

「ち、ちがうって姐さん！　もらったんす！　ホントですって！」

「ウソつけこら！」

ハンバーガーは三人の真ん中で無残な姿をさらしていた。

うう……静ちゃんと一緒に食べようと思って買ってきたのに。

「ねえ……もっとないの」

「モリー！　オマエも図々しい要求してんじゃねぇ！」

お仲間さんたちは、カザンさんにこってりしぼられるのだった。

「で……なんでいるの？」

一段落ついたところで、加澄さんがカザンさんと正座させられているその仲間たちに尋ねた。

「スパイ？」

「んなことしねーよ。だいたいコイツの何を探りゃいいってんだ？」

コイツ、と言いつつ私を指さすカザンさん。

「ん……それもそうか」

「加澄さん⁉　あっさり納得しないで！」

むぅ、私だって少しは成長してるのに……。

「『固有魔法』もできねぇんじゃいくら探っても無駄ってもんだ」

「こゆうまほう……？」

耳慣れない単語に私は首をかしげた。

「なんだ。静のやつそんなことも教えてねぇのか」

「教える以前の問題があった」

「あー……」

「二人してそんな残念そうな顔で見ないでください！」

するとカザンさんが、

「だったら、ちっとばかりレクチャーしてやるよ。別にかまわねぇだろ？」

「ん、許可」

加澄さんが頷《うなず》いた。その目はあからさまに「楽ができてラッキー」と言っていた。

「さて、固有魔法ってなんだって話だが……要するに原書と契約したやつだけが使える特別な魔法のことだ」

特別な魔法。おおっ、これはまたワクワクしてきましたよ！

「たとえばアタシの場合は……『酒呑童子《しゆてんどうじ》』！」

気合いの言葉でカザンさんの姿が一瞬のうちに変わる。

燃えるような赤い髪、肌もあらわな衣装。そしてなによりその手に現れた大きな刀。その刀をカザンさんが私に向かって掲《かか》げてみせる。

「こいつがアタシの固有魔法『大蛇《オロチ》』だ」

「え、刀が魔法なんですか？」

「正しくは、魔法をイメージしやすくするための道具ってところだな」

その途端、刀身にバチバチと青白い電気が迸《ほとばし》った。

「きゃっ⁉」

「原書の力は人間が扱うにはデカすぎるからな。力を制限してコントロールするんだ。アタシの場合はこの『大蛇』だ」

なるほど。要するに水道みたいなものだ。

魔法の力がダムに貯まっているたくさんの水だとすれば、それを濾過《ろか》してキレイにしたり必要な量だけ小まめに取り出せるようにする。カザンさんの刀は、つまりは蛇口みたいな役割をしているのだろう。

「アタシは『大蛇』ひとつ振り回すので精一杯だが、静は一度に三つの固有魔法が使える。本気を出せばたぶんもっといけるだろう」

やっぱり、静ちゃんってすごいんだ。

「加澄も見せてやれよ」

「む……めんどくさい」

そう言いつつも、加澄さんは原書を取り出す。

「いくよ……『一寸法師《いっすんぼうし》』」

加澄さんの姿があっという間に変化する。

見た目はミニスカの巫女《みこ》さんみたい。ゆったりした袖《そで》や高下駄があって、静ちゃんとはまた違う和風なテイストだ。そして彼女の武器は、身長よりも大きな木槌《きづち》だった。

「見ての通り、加澄の固有魔法はその『打出《うちで》の小槌《こづち》』だ。叩いたモノを好きなかたちや材質に変化させちまうなかなか厄介《やっかい》な魔法だ」

「ぜんぜん小さくないんですけどそれは……」

「そいつは契約者のイメージってやつだ。固有魔法は原書の内容に影響されるが、同時に契約者によってもかなり左右される。たとえば、オマエが契約したのが『一寸法師』だったなら加澄のとは見た目も効果も違った魔法になってただろうな」

蛇口のかたちは人それぞれってことかぁ。

「じゃあ、私にも私だけの固有魔法があるんだ」

「そういうこった。要はどんだけ原書と一体化できるかってことだ」

「つまりはシンクロ率ってことですね！」

「あ、ああ……よくわかんねーけど、まあそんな感じだ」

ふっふっふ……そういうことだったら私にもよーくわかる。

操縦するロボットの力を引き出すためにはシンクロ率を上げるのはお約束だ。

私だけの変身衣装に私だけの魔法……想像するだけでドキドキする！

やっぱり色はピンクかな？　スカートは短めに、あえて露出は多めで。それが魔法少女のお約束というものだろう。でもでも、あえてメカっぽいのもアリかもしれない。最近のラノベはそういうのが流行《はや》ってるし。うーん、迷うなぁ。

「おーい、聞いてんのかー」

やっぱり『シンデレラ』だけにカボチャの馬車ならぬカボチャのロボとか？　あの固い皮を生かして重装甲になりそう。うーん、個人的にはもっと繊細《せんさい》でスピードの速そうなやつがいいな。流れるような女性らしいデザインのやつ。でも胸がミサイルになるのはナシで。って、そうだシンクロ率と言えばひとつ気になることがあった。

「シンクロ率を上げすぎるとガラスの拘束具《こうそくぐ》が外れて暴走したりとかしませんよね⁉」

「なに言ってんだオマエ」

「はっ……いえ、なんでもないです」

また空想が暴走していた。

「まずはブーフ・ヒュレができなきゃ話にならねぇぞ」

う……そういえばそうだ。私はそこですでに躓《つまず》いているのだった。

「魔法はできるようになったんだろ？　だったらもう一度試してみろよ」

私は加澄さんをチラリと見る。……とくに止める気はないらしい。

「じゃあ、やってみます……！」

私は『シンデレラ』を持つと目を閉じて集中する。

お願い。私に力を貸して！

そう念じながら高く掲げる。

「うっ……！」

初めての時とは明らかに違う手応《てごた》え――『シンデレラ』から伝わってくる大きな奔流《ほんりゅう》みたいなものに、思わず呻《うめ》くような声が漏《も》れた。

「いいぞ。オマエと原書の間にちゃんと力の流れができてる。すぐに服の分解と再構成がはじまるはずだ」

流れ込んでくる。押し寄せてくる。飲み込もうとしてくる。

そうか……これは本であって本じゃない。

もっと途方もないエネルギーの塊《かたまり》みたいなものだ。

『シンデレラ』という物語が生まれてから今日までの間、読んだ人たちの想いや感情がすべてここに集束している。それは確かに一つの世界と言ってもいいだろう。

カザンさんの言っていた意味がわかった。

こんなもの人間に扱えるわけがない。

世界中の人間の想いなんて私ひとりで受け止め切れるわけがない！

「ダメ……！　拒《こば》んじゃ！」

珍しく加澄さんの焦《あせ》ったような声が聞こえた。

次の瞬間、頭上でパァン！　と何かが弾《はじ》けるような音がして、なにかとても熱いものが私に降り注いできた。

「きゃあああああっ！」

「くっ……！」

悲鳴を上げた私に誰かが覆《おお》い被《かぶ》さるようにしてかばってくれた。

「カ、カザンさん……！」

「ふぅ……大丈夫か？　どっかヤケドしてねぇか」

灰まみれの顔で、カザンさんが聞いてくる。

「私は大丈夫……です。あの、カザンさんは？」

「この程度、どうってことねえよ」

ブーフ・ヒュレは原書と契約者が一体になっているので、肌が剝《む》き出しに見えてもしっかり魔法で防御されているのだそうだ。

……よかった。私のせいで、カザンさんの肌にヤケドの痕《あと》が残ったりしたらどうしようかと思った。

「途中までは上手くいってたのに、おしかったな」

ホッと胸を撫《な》で下ろした私に、カザンさんが言った。

「はい……ん？」

途中まで……？

変身が途中で終わってしまったということは、つまり——

「きゃあああああああっ！」

また、裸だった。

「オマエ、ほんと脱ぐの好きだな」

「わざとじゃないんですううう！」

本当に、私は脱ぎキャラなんかじゃないんだから！

灰まみれになった私たちは露天風呂にやってきた。

学園長さん自慢の露天風呂はすっかり元通りになっていた。学生たちに広く開放されているのは学園長さんが自分で作ったものを自慢するのがなにより大好きだからだそうだ。

学園長が作ったものは露天風呂にとどまらず以前に見た畑や庵《いおり》もそうらしい。他にも農作業や料理など、とにかく魔法を使わない物作りならなんでもという多趣味っぷりだった。

来年の秋にはお米の収穫を手伝わされるからと、加澄さんに言われた。

それはともかく――

「………」

私は、こっそりと周りの様子をうかがう。

カザンさんは相変わらず豪快な脱ぎっぷりですでに素っ裸だ。まったくもって隠すということをしない。それだけ大きかったら隠すことなんてないよね……

カザンさんの大きな胸と自分のを見比べて絶望的な気分になる。

その一方で、加澄さんは……

「……なに？　ジロジロ見て」

「が、がんばろうね、加澄さんっ」

私と同じくらい発展途上な加澄さんに熱いエールを贈った。

「姐さん！　早く行こうぜ！」

シャルルさんがカザンさんに駆け寄った。こちらも隠すことなんて最初から頭にない完全なすっぽんぽん。

ていうか、不慮《ふりよ》の事故で全裸になった私は痴女《ちじよ》扱いで、自《みず》ら脱いだカザンさんたちはさも当然な態度なのはどういうことだろう。解《げ》せぬ。

「……カザン、はやく」

モリーさんはちゃんとタオルで前を隠していた。やっぱり外国の人は大勢で入るお風呂はあまり経験がないのか恥ずかしそうに周りの様子を気にしていた。

タオル越しに見える体型も私とそう大差なくて非常に親近感がわく。

そうだよね。いくら女の子同士だって恥ずかしいよね。だから、背中から生えている黒い棒のようなものもきっと……って、黒い棒⁉

「おいこら、モリー、その銃は置いてけ」

「っ⁉　……でも銃は、肌身離さず持っていないと……」

「ここは戦場じゃねぇんだ。さっさと置いてこい！」

叱られたモリーさんは、しぶしぶといった様子で長いライフル銃を傘立てに差し込む。

……いいのかな、そこで。

ひんやりした石畳に、ビクッとしつつ露天風呂へと足を踏み入れた。

気温のせいか、今日は湯気が濃い。湯船の中に先客がいるのはわかるけど白い靄《もや》に隠れて誰かはわからなかった。

「ったく、オマエらがモタモタしてるせいで身体が冷えちまったじゃねぇか」

「お詫びにお背中流しますぜ、姐さんっ」

「いらねぇよ気色悪い。おら、モリーこっち来い。髪洗ってやっから」

お風呂でもカザンさんたちチームは仲がいい。まるで本当の家族みたいだ。

それを少し羨《うらや》ましく横目に見つつ、私はさっさと身体を洗う。

「お邪魔しまーす……」

「いえ、どうぞご遠慮なく」

先客に一言挨拶して、湯船に身体を沈める。

冷えた肌がピリピリして、後にじんわりと熱が全身に広がっていく。

ああ……天国だぁ。

「葉月さん？」

ふいに名前を呼ばれた。

湯気越しに目をこらしてみれば、さっき挨拶した先客は静ちゃんだった。

「葉月さんたちでしたのね。入ってくる時からずいぶんと賑《にぎ》やかな様子だったので、いったいどこの方々かと思っていましたが……」

「お、なんだ静じゃねーか」

遅れて湯船に入ってきたカザンさんたちも、私や静ちゃんを見つける。

「やはり、カザンさんたちとご一緒でしたか」

静ちゃんは深い溜息をこぼす。

「そう目くじら立てるなよ静。ここは風呂だぜ？　争いごとを持ち込むのはナシにしようや」

そう言うと、カザンさんは私の隣にどっかりと腰を下ろす。

「さすが姐さんいいこと言うぜ！　ところで目くじらってなんだ？」

「……目の鯨《くじら》」

シャルルさんたちがまた何か素っ頓狂《すっとんきょう》なことを言ってたけど聞こえなかったことにしよう。

今は文字通り静ちゃんとカザンさんに挟まれてしまった現状の方が問題だ。

「つーかよ、コイツの訓練をほっぽり出してのんびり風呂とはいいご身分だなぁ」

「これは、やむを得ず……」

気のせいか、静ちゃんはなんだか元気がないように見える。

忙しくて疲れてるのかな……。

「シズカ・ツチミカドは我々に日本式の風呂の作法を指導するために同行してくれたのだ」

湯気の向こうから妙にハキハキとした声が聞こえてきたかと思うと、ザブザブと湯をかきわけながら誰かが近づいてくる。

短めに刈り揃えたシルバーブロンドの髪とキリッとした眉が印象的なひとだ。

「マリヤ・ラスプーチン。ロシア校のリーダーをしている」

「鍵村葉月ですっ！」

差し出された手を慌てて握り返す。握手は今日二度目だ。

アメリカ校のリンさんに比べると、ずっと大きくてやけに固い手だった。

でもあの時みたいな、ゾワゾワした感覚はない。むしろ温かいとさえ感じた。

「そうか、貴官が『シンデレラ』に選ばれたという少女か」

すでに私のことは知っているような口ぶりだった。

やっぱりカザンさんの言う通り、私は……ううん『シンデレラ』の契約者は注目されているらしい。

「よもや『シンデレラ』が日本校にあったとはな。あれは本来、我が祖国ロシアの『原書』だろう」

「え……そうなんですか？」

シンデレラってロシアが発祥のお話だったっけ？

「そうだ。だから同志ハヅキ・カギムラよ、『シンデレラ』と共に我が校へ……」

「お待ちなさい、マリヤさん。勝手な勧誘は困りますわ」

「あるべきものをあるべき場所へ返すのは当然のことだろう」

マリヤさんと静ちゃんが睨み合っていると、またも声が聞こえてくる。

「その話、聞き捨てならぬのう」

声のした方を見ると……うわっ！　なにあれ！

水面いっぱいに花びらが浮かび真っ赤に染まった湯船に、褐色《かっしょく》の肌をした女の人が半身を浸《ひた》していた。背後に立つ側仕《そばづか》えが大きな団扇《うちわ》で風をおくり、両脇からは双子がマッサージをしている。まさにハーレムといった雰囲気だ。

「マハーカーリー……」

静ちゃんが呟《つぶや》いた。

その名前はさっきスマホで各校の情報をチェックした時に見た覚えがある。

確か……そう、インド校のリーダーさんだ。

「黙って聞いておれば『シンデレラ』がロシア校のものじゃと？　愚か者め、すべての叡智《えいち》はガンジスの清き流れを辿《たど》り聖地リシケーシュへと至る。つまり、あらゆる『原書』は我がインド校のものということじゃ」

無茶苦茶な理論だった。

だけど、有無《うむ》を言わさぬというか絶対の自信みたいなものがマハーカーリーさんの全身からビシバシ溢れていた。

「いいえ、叡智の昇る先は蓬萊山《ほうらいさん》の頂《いただき》にございます」

今度は穏やかで涼やかな声だった。

脱衣所の扉の前に、今入ってきたばかりの一団。アジア系の顔立ちってことは、たぶん中国校の人たちだろう。

リーダーらしき優しそうな女性は、私たちを見てニッコリ微笑む。

「『シンデレラ』だけではありません。私どもには、隣人たる日本校の皆様を受け入れる準備がございますよ」

受け入れる？　どういう意味……

「姉ちゃん！」

その時、中国校のリーダーに向かって飛んできた何かを隣にいた女の子が叩き落とした。

粉々になった桶《おけ》を前に、中国校の人は真っ直ぐ前を睨みつける。

湯気の向こうから現れたのは、アメリカ校のリン・デイヴス。

「ごめんなさぁい、わざとじゃないの。手元がくるっちゃったんだよ。でも……抜け駆けはよくないと思うな」

ぶりっ子から一転、鋭い眼光が中国校の人たちを見据える。

「リン・デイヴス……姉貴を狙うたぁいい度胸だ。そっちがその気なら！」

「おやめなさい、シュエラン。挑発にのってはなりませんよ」

中国校のリーダーさんは、妹さんを制止して前に進み出る。

「アメリカ校では、ずいぶんとお行儀の悪いやり方で『原書』を弄《もてあそ》んでいると聞いておりましたが、その態度を見る限り噂は本当のようですね。その調子で日本校の原書もすべて改造してしまうおつもりですか？」

「改造なんてダサい言葉使わないでほしいなぁ。『複合原書《メディアミックス》』と言ってよ」

見た目は私よりも小さなアメリカ校のリーダーさんは不敵な笑みを浮かべる。同時に両手に巨大なマッチを出現させた。

ファンサイトの情報では、確か彼女が持つ『原書』は『マッチ売りの少女』だ。

「やろうってのか。なら……『如意棒《にょいぼう》』！」

中国校の元気娘――シュエランさんも対抗するように手の中に〝棍《こん》〟のような武器を取り出した。思い出すまでもない。彼女の『原書』は『西遊記《さいゆうき》』だ。

アメリカ校と中国校のメンバーそれぞれが武器を構えて睨み合う。

「相変わらず、中国校とアメリカ校は世の情勢を自分たちだけで完結させようとする。我が口シア校を忘れてもらっては困る」

今度はロシア校の人たちも立ち上がった。

「まったく、そこなロシア女の言う通りじゃ。新参のアメリカが大きな顔をするのは見過ごせんのう」

さらにインド校の褐色美人も舞い散る花びらと共に参戦を表明した。

「そういうことなら、アタシも交ぜてもらおうかな」

斬《ざん》ッ！　と石畳に巨大な刀を突き立てて、カザンさんが立ち上がる。

そこにあるだけでバリバリと稲妻を走らせる刀身を目《ま》の当たりにして、アメリカ校、中国校の双方ともに思わず身構えたのがわかった。

「あなたたち！　こんなところで戦うのはおやめなさい！」

「黙ってろ静。こいつは戦いじゃねぇ。ただのケンカだ」

「そうだ、ケンカだ！」

シュエランさんがカザンさんに呼応するように叫んだ。その言葉をリンさんは鼻で笑う。

「ケンカ？　ちがうちがう。これは一方的な蹂躙《じゅうりん》よ！」

直後、一斉に動いた。

最初に魔法を使ったのはリンさん。走りながら巨大なマッチの先端を石畳にこすりつける。ジジジジッと音がして、マッチの先端に火が付いたと思ったらそれは渦巻く炎になってカザンさんたちに襲いかかった！

「仕方ありません……『芭蕉扇《ばしょうせん》』」

中国校のリーダーさんは手の中に大きな葉っぱのような扇《おうぎ》を喚《よ》び出すと、それでひと扇《あお》ぎした。

途端に暴風としか言いようがない風が巻き起こり襲い来る炎をかき消してしまう。

「きゃあああ！」

あの炎を一瞬で消してしまうような風だ。当然、他もただではすまなかった。

私は岩にしがみついて必死に耐える。これじゃのんびりお風呂どころじゃない——

と思ったら、翻弄《ほんろう》されているのは私だけで戦いに参加していないインド校やロシア校の人たちは何事もなかったみたいな顔でそれぞれお風呂を楽しんでいた。

「おやめなさい！　露天風呂を破壊するつもりですか！　……ああ、もう！　せめて服を着てからにしてくださいませ！」

「うるせぇ！　風呂ん中で服を着る方がおかしいだろうが！」

「カザンの言う通りです。あなた日本人のくせに温泉のマナーを知らないのですか？」

「なぜわたくしの方がおかしいことになってますの!?」

突如《とつじょ》としてはじまった魔法バトルに、私はすっかりビビっていた。

辺り一面焼き尽くすような業火《ごうか》が溢れたかと思えば、次の瞬間にはすべてをなぎ払うような暴風が巻き起こる。

魔法で戦うというのは、私が想像していたよりもずっと激しいものだった。

あんなのに巻き込まれたら命がいくつあっても足りないと、私は必死で逃げた。

ざぶざぶと湯をかきわけて、ともかく安全なところまで避難しようとする。

気づけば、私はやけに湯気の濃い場所にいた。

いつの間にか背後の喧騒《けんそう》も聞こえなくなっている。まるで、どこか別の場所に迷い込んでしまったかのようだ。

「こ、こんなに広かったっけ？」

いくらなんでも、もうとっくに湯船の端まで辿り着いていいはずだ。

それに心なしか周りの景色も違っているような……。

不安を抱きながらも前に進むと、濃い湯けむりの向こうに動くものが見えた。

――よかった。人がいた！

私は大喜びで駆け寄った。

「キキーッ！」

猿だった。

「うきゃあああああっ⁉」

なんで⁉　なんで猿が⁉

テレビのニュースで温泉に入るニホンザルは見たことがあるけど、あれは確か猿専用の湯船だったはず。しかも野生の猿って頭が良くて警戒心が強くてすごく凶暴だと聞いたことがある。

小さくても人間よりずっと力があるとも言っていた。確かチンパンジーの握力は人間の十倍だという話も何かの本で読んだ気がする。

猿が進化して人類に取って代わるなんて映画もあったくらいだし、私みたいな鈍《どん》くさいのはあっという間に殺されるか捕らえられて奴隷にされて――

「きゃあああっ！　ごめんなさいごめんなさいごめんなさい！　おごり高ぶった人類を許してください生まれてきてごめんなさい！」

「キキッ！　キーッ！　キーッ！」

「ダメよ――」

その時、誰かの声がした。

お猿さんはすぐにおとなしくなって、すっと私から離れていく。

「だ、誰……？」

……いた。飾りつけの岩の上に女の子が座っていた。

膝の上にさっきのお猿さんを座らせてちまちまと毛繕《けづくろ》いをしている。

周りには毛繕いの順番を待っているのか、たくさんのお猿さんが取り囲んでいた。

色を忘れたような肌に光り輝く金髪。薄靄《うすもや》の中に佇《たたず》むその姿はまるで森で出会った妖精のようで、私は思わず見とれてしまっていた。

これで周りを取り囲んでいるのが妙におっさんくさい仕草のニホンザルじゃなく、森の小さな動物たちだったなら私は一瞬で妄想の世界にダイブしていたことだろう。

って、そうだ思い出した。この人はイギリス校の――

「こっちへ」

「へ……？」

唐突にそんなことを言われて私は面食らう。

お猿さんのこと……じゃないよね。


「なぜ、こうなった……」

私はさっきの美少女に抱っこされていた。

縁《へり》にもたれかかった彼女――アーサーさんに身体をあずけるようにして湯船に浸《つ》かっている。

経緯《けいい》も結果もよくわからないけど、気づけばそういうことになっていたのだ。

そのアーサーさんはというと、後ろから私の髪をいじってたりする。

毛繕《けづくろ》いだ。完全に毛繕いの体勢だ。ていうか私、お猿さんと同じ扱い？

「あ、ノミ」

「ええっ!?」

「ウソ……」

そういう冗談はやめてほしい。

「あのぉ……私、そろそろ戻らないと……」

「あなたは、なぜここにいるの？」

「え……?」

唐突な質問。ここ、とは今この場所のことを言っているのか、もしくは他の意味があるのか。

薄々気づいていたけど、この美少女は不思議ちゃんというやつだ。

「えっと、あっちでケンカがはじまって、危ないから離れようと思って……」

「逃げたのね」

「うっ……だって私はまだ変身もできないし、静ちゃんたちみたいに戦えないから……」

「だから、逃げた」

「ちがうっ、私は……！」

振り返ると、そこにアーサーさんのブルーの瞳があった。

「あなたは逃げ続けてる。現実から、自分から、嫌なものすべてから」

「なんでそんなこと言うの。私は一生懸命――」

「がんばってる。だけど上手くいかない。悪いのは自分じゃない」

「っ……！」

まるで私の言葉を先回りして、さらにその奥にまで踏み込んでくるようだった。

「変わりたい。変わるのが怖い。傷つきたくない。嫌われたくない」

青い視線が、言葉が、私の大事な何かに突き刺さる。

「戦うのが怖い。痛いのも苦しいのも嫌だ。だけど彼女は戦うことを求めてる。だから受け入れたフリをしている。魔法の特訓をしている間は一緒にいられる。友達でいてくれる。だから、いっそこのまま、魔法なんてできないままでいれば――」

「やめて！」

私は叫んでアーサーさんから離れた。

すべてを見透かすようなブルーの瞳が、私をジッと見つめる。

ダメだ。あの瞳の前にいちゃいけない。

見抜かれる。見透かされる。私の全部が覗かれてしまう。

私は踵《きびす》を返して走り出す。足にまとわりつく湯は重たくて、まるで私を行かせないようにしているかのようだった。それでも、少しでも彼女から離れようと必死に足を運ぶ。

「はっ、はっ……！」

頭がくらくらしてきた。

背筋が凍るように冷たい。

どんどん呼吸が苦しくなっていく。

また〝アレ〟が来るのがわかる。

「本、本を読まないと……」

だけど、こんなところにあるわけもなかった。

やがて私の視界は、意識は、真っ暗い淵《ふち》に落ちていった。

＊

「おやめなさいあなたたち！」

静の声は、李雪梅《リ・シュエメイ》の『芭蕉扇』が巻き起こす暴風にあっさりとかき消された。

中国校のリーダー、リ・シュエメイが持つ『原書』『八仙東遊記《はっせんとうゆうき》』は、その名の通り八人の仙人の物語だ。リ・シュエメイが『八仙東遊記』から読み解いた固有魔法は、八仙がそれぞれ有する仙具を具現化するというもの。その一つがこの『芭蕉扇』だ。

『西遊記』では山まるごと燃えさかる火焔山《かえんざん》の炎をただの一振りで消し去ったという。

そういった物語や逸話が固有魔法の力の源だ。つまり『芭蕉扇』は炎系に対して特に相性のよい魔法だと考えられる。

おそらく八つの仙具それぞれが特化した能力を持ち、状況に応じて使い分けるのだろう。

リン・デイヴスと相対《あいたい》した時、迷わず『芭蕉扇』を呼び出したことからしてもリ・シュエメイは対戦相手のことについて充分に研究していると思われた。

だが、それは相手も同じだった。

「くっ……！」

唐突に、シュエメイが膝をついた。

「姉ちゃ……っ……なんだ……！」

姉に駆け寄ろうとした李雪蘭《リ・シュエラン》もまた同じように片膝をつく。

いったい何が——

「やっと効いてきたみたいね。〝黄色いマッチ〟が」

次々に膝をつく中国校の者たちに、リンが勝ち誇ったように笑う。

「な、なにしやがった……！」

シュエランは如意棒を支えに、かろうじて倒れずにすんでいるという有様だ。それでも噛み殺さんばかりの表情でリンを睨みつける。

「ふっふ〜ん♪　知りたい？　でも教えてあげなーい」

「てめぇ……ぐっ！」

「キャハハハッ！　ダッサーい！」

立ち上がろうとしたシュエランがバランスを崩して石畳に倒れる。それを見て、リンは楽しげに笑った。

静はこのリン・デイヴスという少女の性質がなんとなく見えたような気がした。

それにしてもどんな手を使ったのか――

その時、ふと自分の手にも微《かす》かな痺《しび》れがあることに気づいた。

「これは……」

静は大急ぎで周囲を確認する。そして、見つけた。

シュエランたちの後ろに、いつの間にかリンのマッチが一つ設置されていた。

先端からは微かに黄色い煙が立ち上り、中国校の面々へと流れていた。

痺れの原因はおそらくこれだ。

最初からこうなることを読んでいたリンがあらかじめ設置していたものが、『芭蕉扇』の風で静の方にも多少流れてきたのだろう。

「その『芭蕉扇』っていうやつ、はっきり言って、わたしのマッチと相性最悪なのよねー。だから今のうちに消えてもらおうかなって思うの。悪く思わないでね」

「卑怯《ひきょう》な……!」

冷静だったシュエメイの顔にあからさまな嫌悪の色が浮かぶ。

「今ならみーんな生まれたまんまの姿。ブーフ・ヒュレがなければ簡単に死んじゃうよね☆」

くるくるとマッチを回しながら、リンは勝ち誇ったように言う。だが——

「待ちな」

カザンの『大蛇《オロチ》』の切っ先が、リンの首元にかかった。

「なーに、邪魔しないでよもー。ライバルは少しでも減った方がいいでしょー」

「黙れ。そういうやり方は気に入らねぇ」

カザンは譲らず、本気だと示すかのように刀身には青白い電気が走った。

「……はいはい。もういいわよっ。ふんっだ」

リンの手からマッチが消える。それを見て、カザンも刀をひいた。

「あーあ、つまんないのー」

すっかり興味を失ったようにリンは中国校の者たちに背を向けて去っていく。

「ふんっ!」

リンがいなくなると、カザンは太刀《たち》で湯口を壊した。勢いよく噴き出した湯が、シュエメイたちに降り注ぐ。

「しばらくそうしてろ。皮膚についた毒が洗い流されたら動けるようになる」

不機嫌そうに言うと、カザンも風呂から出ていった。

諍《いさか》いは収まったものの、静の内心は悔しさとふがいなさで荒れくるっていた。なにもできなかった。

本来であれば開催校の代表である静が止めるべきだったのに、静はただ見ていることしかできなかった。そしてあの場を収めたのはカザンだ。それも太刀の一振りで、だ。

あらためて分かった。カザンは強い。おそらく日本校の戦力についても分析しつくしているだろう。なぜなら静たちを倒し本気でヘクセンナハトで優勝するつもりだから。

自分にそれほどの覚悟があっただろうか？

鍵村葉月と『シンデレラ』に頼る前に、自分自身にできることがあったのではないか？

静は思わず歯噛みする。と、その時だった。静の剝《む》き出しのお尻になにやら冷たいものがぺたりと触れた。

「ひゃんっ⁉」

思わず可愛らしく悲鳴をあげた静が驚いて振り返る。見覚えのある顔が湯船に浮かんでいた。

「葉月さん⁉　ちょっとしっかりしてくださいませ！　葉月さん！」

すっかり目を回した葉月を、静は慌てて介抱《かいほう》するのだった。

＊

目を覚ますと白い天井があった。

「……よかった。目が覚めましたのね」

清潔なシーツに頬をこすりながら声の方に首をめぐらせる。そこに静ちゃんが座っていた。

「私、どうして……」

「お風呂で溺《おぼ》れたのですわ。きっとのぼせてしまったのでしょうね」

溺れて……そっか、だから保健室にいるんだ。

カザンさんたちの戦いから逃げて、アーサーさんに会って、あの青い瞳に見つめられて——

「ご、ごめんね静ちゃん。すぐ練習に戻るからっ」

「いいえ、無理をしてはいけませんわ」

ベッドを出ようとしたら押し戻された。

静ちゃんは私の枕元に座り直すと、それっきり黙ってしまう。

思えばお風呂場で会った時から少し様子が変だった。

何か悩み事でもあるのだろうか。

友達なら相談してくれただろうか。

……ああ、ダメだ。今は悪い考えばかりが浮かんでしまう。

「あ、あのね、さっきカザンさんに教えてもらったんだ」

なにか別の話題をしようと思って、私はスマートフォンを取り出した。

「私たちのことがインターネットに掲載されてるって。すごいよね、有名なメドヘンはファンもたくさんいるって。ヘクセンナハトって、ほんとに人気なんだね。ていうか、魔法使いさんたちもネットを使うんだね」

「ええ、そう、みたいですわね……。わたくしはそういうことに疎《うと》いので」

「で、でね、静ちゃんのファンサイトも見つけて、プロフィールなんかも書いてあって……それで、あの……た、誕生日！　もうすぐなんだね！」

「っ……！」

「だから、パーティとかどうかな？　私、お料理作るからっ。加澄さんや学園長さんも呼んで。カザンさんは……来てくれるかなぁ。それにしても、誕生日がクリスマスと同じだなんてステキだね！　絶対忘れない――」

「やめて！」

突然、静ちゃんが叫んだ。

私は驚き、半ば呆然とする。

「す、すみません。なんでもありません」

静ちゃんは自分が取り乱したことに驚いた様子で慌てて取り繕《つくろ》う。

「わたくし、これで失礼しますっ」

顔をそむけながら立ち上がった静ちゃんは、入れ違いにやってきた加澄さんを押しのけるようにして保健室を出ていった。

「……何があった？」

わからない。なぜ、静ちゃんがあんな顔をしたのか。

でも、一つだけ確かなことがあるとすれば——

「か、加澄さん……どうしよう、私、静ちゃんを怒らせちゃった……」

口に出してみると、それはひどく絶望的な響きをしていた。


何があったのか話せと言われて、私は加澄さんにいちから説明した。

加澄さんは、私の話を聞き終えると小さな溜息を一つこぼす。

「私、静ちゃんになにか悪いこと言っちゃったのかな……」

「それは……」

加澄さんは少し躊躇《ためら》いがちに口を開く。

「静のお母さんは静の誕生日に亡くなってるから」

「え……」

普段は口数の多くない加澄さんが、ゆっくりと言葉を選ぶようにして事情を話してくれた。

静ちゃんのお母さんは原書使いで、七年前に起こった魔法獣《フレック》との戦いで命を落とした。

それがまさに静ちゃんの誕生日の出来事だった。

静ちゃんのお母さんはとっても忙しくて、会えるのは年に一度か二度。だから誕生日にお母さんからかかってくる電話をすごく楽しみにしていたそうだ。

「夜になっても電話はこなかった。静はそれでもずっと待ってた。翌朝、かかってきたのはお母さんが亡くなったっていう連絡だった」

加澄さんはそこまで話すと、黙り込んでしまう。きっと彼女にとっても思い出したくない出来事なのだろう。

お母さんが亡くなった日。それがどれだけツライ思い出か私にはよくわかる。

最初はさっぱり理解できなくて、でも次第に心が現実に追いついてくると、今度は寂《さび》しさと悲しみで胸がいっぱいになってくる。

時間が心の傷を癒《いや》してくれるというのはウソだ。

何十年経《た》とうがあの時の苦しみは忘れられない。

ただ、泣かなくてすむようになるだけだ。

それなのに――

「私……静ちゃんにひどいことを……」

「葉月は悪くない。知らなかったんだから」

「で、でも……」

知らなかったからでは私の心が納得しなかった。

だけど……どうすればいい？

謝れば許してもらえるのだろうか。それとも余計なことだろうか。蒸し返すだけ静ちゃんを傷つけることにならないだろうか。わからない、わからない……。

ぼっちな私にとって、それは初めてぶつかる事態だった。

*

——ああ、イライラする。

カザンは内心で何度も舌打ちを繰り返していた。

待つのは昔から苦手だ。それが気にくわない相手だったらなおのことだ。

いっそのこともう帰ってしまおうか、そう思いはじめた時だった。

「お待たせ、カザン」

待ち合わせの時間に遅れること三十分、やっとのことでリン・デイヴスが姿を見せる。

「いつまで待たせる気だ」

カザンが睨むと、リンは悪びれもせず肩をすくめる。

「しょうがないじゃない。私もいろいろと忙しいんだから。取材にインタビュー、写真撮影、ついでにうちのメンバーとの打ち合わせ。ほんと、人気者って大変♪」

「……呼び出したのはそっちだろうが」

リンが反省や後悔などするわけがない。文句を言うだけ無駄だとわかっているが、それでも言わずにはいられなかった。

「それじゃ、さっさと用をすませましょ」

差し出された手に、カザンはメモリーカードを渡した。

中にはこれまでカザンが〝留学〟してきた各校の情報が詰まっている。

細かい情報収集には魔法より科学技術の方がずっと便利で使いやすい。それが魔法の力こそ万能であるという考えの根強いこっちの世界では、いろいろと盲点になる。

カザンがアメリカ校に雇われてスパイの真似事をはじめてから学んだことの一つだ。

「ご苦労様。報酬はいつもの方法でね」

「ああ……」

――イライラする。こいつにも、こいつの企《たくら》みの片棒を担《かつ》いでる自分にも。

ユーミリア・カザンはいつだって欲しいものは自分の力で手に入れてきた。だから、与えられるものをただ口を開けて待っているだけの人間や、自分の手を汚さず他人を利用して手に入れるようなやつは大嫌いだった。

「ところで、さっきはなかなかの名演技だったわよ。おかげでわたしとあなたが険悪だってこと、他の連中にしっかり印象づけられたわ」

「別に演技じゃねぇ。アタシはテメェが大嫌いだ」

「ひっどーい、わたしたちこんなところで密会するほど親密なのに」

露天風呂でのケンカも、すべてリンの筋書きだった。

一つに、アメリカ校と諸国連合が裏で繋がっていることを隠すためだ。他にもリンは「いろいろ確かめたいことがある」と言っていたが、カザンも詳しいことは知らない。

結局、リンはカザンのことを微塵《みじん》も信用などしていないのだろう。親密なんて言葉を軽々しく口にするくらいには。

「じゃあ、嫌われついでに一つお仕事を頼もうかしら。……あの『シンデレラ』の子、潰《つぶ》してくれない？」

カザンは思わず言葉につまる。

「……理由を聞かせろ」

「あなたが嫌がりそうだから」

「テメェ……！」

「アハッ！　冗談だってば。……実は日本校を廃校にしようって動きがあるの」

「なんだと……」

リンはすぐに人をからかう嫌な女だが、その情報は確かだ。

だが、それでもにわかには信じられない話だった。

「七年前、魔法獣との戦いでこの国の『原書使い』がたくさん死んじゃったでしょう。だから、この国はもう原書図書館を守れるだけの戦力がないんじゃないかって委員会は考えたのね。だったら〝シミ〟に食われる前に日本校が所蔵する貴重な『原書』を他の国に分割移譲しようって、そういう計画が動いてるんだって」

七年前のことについては一般の魔法使いたちには伏せられている。だが、『原書使い』たちにとっては絶対に忘れることのできない惨事だった。

現代の魔法使いと〝シミ〟の戦いは、簡潔に言えば魔法使い側が圧倒的に有利だ。

様々な対策によって〝シミ〟の発生は極限まで抑えられ、仮に魔法獣になったとしても星読みの未来予測によって力をつけてしまう前に駆除される――

その結果、『原書使い』の仕事は戦いよりも見世物的な役割の方が大きくなっていた。その最たるものがヘクセンナハトだ。

だが、七年前、そんな常識は打ち破られた。

日本に出現した魔法獣は、この数百年の記録において類を見ないほどに強力な個体だった。

最終的に魔法獣は倒されたものの多くの『原書使い』が命を落とし、日本の戦力は激減した。

確か静の母親もその時に――

「日本校が廃校になったら、同盟国であるアメリカ《うち》が優先的に『原書』を移譲されることになってるの。ま、偉い人たちの裏の取引ってやつよ。でも、その『原書』に契約者がいるといろいろ面倒なのよねー。ほら、本人の意思を尊重だとか、個人の権利だとか、バカみたいなこと言いだすやつらがいるじゃない？　だから今のうちに『シンデレラ』はフリーになっておいてもらいたいのよねー」

アメリカらしい合理的な考え方だと、カザンは思った。

いや偉い連中は大抵が同じようなことを言う。

要するに、メドヘンなんていくらでも代えの効くパーツでしかないのだ。

「というわけだから、お仕事よろしく。情にほだされたりしないでね」

「鍵村葉月も、土御門静ものうのうと幸せに生きてきた連中だ。情なんてわくもんかよ」

アイツらはアタシとは違う。帰る場所も家族も、何も持っていない自分とは——

「約束を忘れるなよ。アタシはテメェに協力する。代わりにテメェはアタシの欲しいものを用意する」

「もちろん、契約はちゃんと守るわ」

リンは取材の時に見せるような屈託のない笑顔を向けてくる。

自分たちの帰る場所を手に入れる。それがカザンの望みだった。

そのためにはなんでもする。リンのような人間とも手を組むし、鍵村葉月のようななんの疑いももたない少女を騙しもする。

——やっぱり、イライラする。

カザンはまた舌打ちをする。今度はリンにではなく自分自身にだった。

こんな嫌な仕事、さっさと終わらせてしまおう。

自分に言い聞かせるようにカザンは胸中で繰り返すのだった。

気づけば寮の門限はとっくに過ぎてしまっていた。

気持ちが落ち着くまで少し時間が必要だったとはいえ、門限破りなど初めてのことだ。

〝らしくない〟と静は自分を大いに省《かえり》みる。

葉月に悪気なんてない。わかっていたはずなのに、つい声を荒らげてしまった。

「巻き込んだのはわたくしですのに……本当に、最悪ですわ」

最初のうちは、欠員を埋めるために必要だからと割り切って付き合っていたはずだった。

それが変わってきたのはいつ頃からだろう。

ちょっと失敗すればすぐに落ち込み、かと思えば急に調子に乗ってやり過ぎて一騒動起こしたりする。突然ニヤニヤと笑いだしたり、理解不能なことを口走る。

静にとって鍵村葉月という存在はまさに未知との遭遇だった。

だけど、いつの間にか葉月と過ごす時間が楽しいと感じるようになっていた。彼女のことを大切だと思うようになっていた。

「明日……ちゃんと謝りましょう」

葉月に責任はない。悪いのはつい感情的になって怒鳴ってしまった自分だ。そう言い聞かせて静は寮へと急いだ。

「あれは……」

寮の建物が見えたところで、静は見知った人物の姿を見つけて立ち止まる。カザンだった。

カザンは、物陰から出てくると、どこか人目を気にするような動きで足早に立ち去る。

続けて、アメリカ校のリン・デイヴスが同じように物陰から姿を見せた。

「カザンさんと、リン・デイヴス……？」

先ほど露天風呂で派手にやりあった二人が、こっそりと人目を忍ぶようにして会っている。

何もない、と思う方が不自然な光景だ。

「なぜ、あの二人が……」

呟きながら、静は妙な胸騒ぎを感じていた。

＊

一晩中考えたけど、私には謝る以外の方法が思いつかなかった。

とはいえ、どんなふうに切り出せばいいのだろう。

――知らなかったの、ごめんなさい。

――傷つけるつもりはなかった、許してほしい。

……ダメだ。どれも、うわべだけの言葉に聞こえる。

「謝るのって、こんなに難しいんだ……」

憂鬱《ゆううつ》を抱えたまま図書館の扉をくぐる。

空気の境目を抜けるような感触の後、いつもの扉だらけの場所に降り立った。

「あれ……？」

誰もいない。いつもなら誰かしら迎えに来てくれているのだけど……。

しばらく待ってみたけど誰も来なかったので、仕方なくひとりで扉の間を出ることにした。

「こんなとこにいたのか」

振り返ると、カザンさんがいた。

「あ、カザンさん。静ちゃんたち知りませんか？　来たら、誰もいなくて……」

「さあな。忙しいんだろうよ」

どこかそっけない態度。

「あ、じゃあ、私は二人を探しに……」

「待てよ」

立ち去ろうとする私の腕を、カザンさんが摑んだ。

「カザンさん……痛い……です」

指先が二の腕に食い込んでいる。

「魔法の特訓をするんだろ。アタシが手伝ってやるよ」

カザンさんの言葉には有無を言わさぬ迫力があった。

＊

静は朝から学園の執務室で追い立てられるように仕事をこなしていた。

来《きた》るべきヘクセンナハトには、世界中から賓客《ひんきゃく》がやってくる。彼らの受け入れ準備も土御門の当主たる静の仕事だった。

「すまないね。こき使ってしまって」

「いえ、これもお務めですから」

そう言った学園長も、ここしばらく同じように忙しい日々を過ごしている。魔法で身体を分裂させて文字通り一人で九人分働いているような状況だ。

「もう、こんな時間……」

一段落して時計を見ると、とっくに葉月がやってきている時間だった。

今頃は加澄が静の代わりに彼女の訓練に付き合っているだろう。

「あの、学園長、少しご相談したいことがあるのですが……」

静は意を決して切り出した。

「じ、実はその……たいへん申し上げにくいことなのですが……葉月さんと、少しばかり感情の行き違いがあったと言いますか、ですから、えっと……」

おかしい。口に出してみるまではとくに意識していなかったのに、いざ相談しようとすると上手く言葉にならなかった。

「ふむ……つまり、鍵村葉月と仲直りしたいがどうすればいいかわからないと」

「っ⁉」

学園長はすぐに言いたいことを察してくれた。あらためて他人の口から聞いてみると我がことながらあまりにも子供っぽくて、静は恥ずかしくて頬が熱くなっていく。

思わずうつむいた静の耳に、くっくと学園長の堪《こら》えきれない笑い声が聞こえてきた。

「いや、すまない。キミからこんな相談をされる日が来るとは思ってもみなくてね。うむ。仲直りか。それは非常に重要かつ緊急の課題だ」

からかっている感じではなかったが、学園長はやけに嬉しそうだった。

「私からアドバイスがあるとすれば……取り返しのつかないことなどほとんどない。ということだ」

学園長の言葉は、いまひとつ静にはピンとこなかった。

「キミたちは若い。伝えたいことがあれば言葉をつくせばいいし、失敗してもやり直せるだけの時間はたっぷりある。あまり気に病《や》むことはない」

「なるほど……」

今度は静にも理解できた。要するに当たって砕けろ砕けても直る。ということだ。

アドバイスにしては大雑把《おおざっぱ》すぎる内容ではあったが、不思議と気持ちは楽になった。

「もう一つだけ。時間も人も必ず終わりが来る。当たり前に存在しているものが、ある日突然消えてしまう――そうなっても後悔することがないようにしてほしい。これはアドバイスではなく私からのお願いだ」

「え、ええ……わかりました」

学園長の顔は見たこともないくらい悲しげに映った。静は少し面食らいながら頷いた。

そうしていると、執務室に加澄が慌てた様子でやってくる。

「加澄さん、どうかなさいましたの？」

「どうって、静が呼んでると言われて来たんだけど」

「わたくしが……？」

おかしい。自分はそんなこと伝えた覚えなどない。

だいたい加澄には葉月の特訓を任せたはずだ。

「加澄さん、あなたにそれを伝えたのはどなたですの？」

「ん……カザン、だけど」

カザンが葉月を連れ出した？

その時、静の脳裏に昨夜の出来事が蘇《よみがえ》る。

葉月が持つ『シンデレラ』をめぐって起こった戦闘。

深夜に目撃した密会。

どちらも中心にいたのはカザンだった。

「わたくし、行かなければ……加澄さん、後をよろしくお願いします！」

そう言うと静は部屋を飛び出していった。

＊

カザンさんが無造作に振るった太刀から青白い稲妻が迸《ほとばし》った。

「きゃあああっ！」

当たってはいない。でも、雷撃の威力で地面はえぐられ、私も一緒に吹き飛ばされてしまう。

「おら、もう一丁いくぜ」

〝バヂバヂバヂバヂッ！〟

耳障《みみざわ》りな音を立てながらまたも稲妻が走る。

「はぐあっ……！」

今度は私の身体を少し掠《かす》った。

手足がちぎれてバラバラになるかと思うような激痛が走り、私の身体は意思に反して力を失い、そのまま地面に倒れ伏す。

「ううっ……なんで……」

「そいつはアタシも聞きたいね。どうしてオマエさんはここにいるんだ？」

見たこともないくらい酷薄《こくはく》な表情でカザンさんは私に問いかける。

「原書に選ばれたから？　それともなんでも願いが叶《かな》う魔法がほしいからか？　まさかとは思うが、お友達ごっこでもしに来てるのか？」

わからない。なぜ、急にカザンさんがこんなふうに私をいたぶるのか。

なにか、怒らせるようなことをしたのだろうか。

それともこれにはもっと他の意味があるのか。

わからない。痛い。わからない……。

「うっ……ふぐ……ううっ……」

不安と恐怖と痛みに、私の口からは自然と嗚咽《おえつ》が漏れた。

どうして私がこんな目に遭《あ》わなければならないんだろう。

「どうしてって顔してるな。理由が知りたいか？」

ふいに、カザンさんが口を開いた。

「オマエ、このままじゃ死ぬぜ」

死ぬ？　私が？　意味がわからない。

「いろんな国が『シンデレラ』を欲しがってる。だけど、それにはオマエが邪魔なんだ」

カザンさんは、さっきよりもさらに冷たい口調で私に告げる。

「不慮《ふりょ》の事故ってやつだ。ヘクセンナハトの最中ならいくらでも言い訳がきくからな」

だって、ヘクセンナハトは安全だって言っていた。スポーツみたいなものだって。

だから魔法使いになるって決めた。

魔法使いになって、みんなの……静ちゃんの役に立つんだって。

それなのに、こんなところで私は死ぬの？　ウソ。ぜんぜん、実感がわかない。

「だが、安心しな。一足先にアタシが楽にしてやる。なぁに殺しはしねぇよ。オマエの心が折れるまで痛めつけるだけだ。だから――」

カザンさんが刀を振り上げる。

「さっさと降参した方がいいぜ！」

「〝龍の顎《あぎと》！〟」

大太刀が振り下ろされたその時、静ちゃんの声が響いた。

五色《ごしき》の龍が螺旋《らせん》を描きながらカザンさんに襲いかかった。鋭い爪《つめ》と牙《きば》が大太刀ごとカザンさんを遥か後方まで後退《あとずさ》らせる。

「静、ずいぶん遅かったな！」

「あなたこそ、手の込んだことをしてくれましたわね。わたくしたちに近づいたのも、このためだったのですか」

「……さあな。好きに想像しな」

カザンさんは吐き捨てるように言うと、急に踵を返す。

「どこへ行くつもりですか」

「アタシの目的はだいたい片付いたからな」

カザンさんはそう言うとふらりとした足取りで去っていった。

＊

カザンが去ると、葉月は緊張の糸が切れたかのようにその場に倒れた。

「葉月さん！」

静は駆け寄って葉月の身体を抱き起こす。

あちこち擦《す》り傷だらけだったが、大ケガには至っていない。おそらくはカザンの雷撃を受けたせいで痺れて力が入らないのだろう。静はホッと胸をなで下ろした。

「ごめんなさい……わたくしがもっと注意していれば……」

「う、ううん……静ちゃんのせいじゃないよ……」

葉月は傷だらけの顔で弱々しく微笑む。

その時、静の胸に学園長の言葉がよぎった。

時間も人も必ず終わりが来る。

当たり前に存在しているものが、ある日突然消えてしまう。

ああ、そうか。そういう意味だったのか――

唐突に、静は腑《ふ》に落ちたような気がした。

学園長のあの悲しげな表情、あれは後悔している人の顔だ――と。

「あちらの世界にお帰りなさい」

静の口から、自然とそんな言葉がこぼれた。

「そして、もう二度と来ないでください。ここは、あなたのいるべきところではありません」

「え……静ちゃん……？」

理解できないのか、葉月はキョトンとした顔をしていた。

だから静は彼女にもわかるように、その甘えた考えを断ち切るつもりで告げた。

「わたくしは、あなたの友達ではないのだから」

終章　鍵村葉月は――

そうしてシンデレラは、王子様と末永く幸せに暮らしました。


『本当にいいんだな?』

――かまいません。

『原書との契約を打ち切るというなら止めはしない。だが、制約は課すことになる』

――はい。

『少なくともこちらのことは忘れてもらわねばならん。記憶を消す魔法で』

――ちょうどいいです。ぜんぶ、忘れたかったから。

『決意は固いか。ならばなにも言うまい。準備ができたら――』

――すぐに、はじめてください。

『……そうか。では、これを。こちらで起こったこと、出会った人間、記憶も思い出もすべて露《つゆ》と消える。そういう魔法の薬だ』

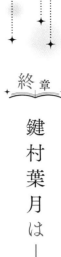

これでおしまい。お別れ。さようなら。

私の魔法。私の空想の世界。私の初めての――


よくひとに心配される子だった。

変な子、ボーッとした子と言われ、通知表のコメント欄には「落ち着きがありません」と判《はん》で押したようなひと言が毎年のように書かれていた。

だけど、それも昔の話だ。

「葉月《はづき》さんは、秋からずいぶんと成績を伸ばしていますね」

学期末の進路面談は、一年生にとってはただのお試しみたいなものだと思う。

この先、二年、三年と進級していくにつれ、厳しい現実や具体的な進学先の話なんかがはじまるので、その前哨戦《ぜんしょうせん》、心の準備というわけだ。何事もぶっつけ本番は良くない。

だから成績表を挟んでのこの会話もそれほど真《ま》に受けてはいけない。

「以前はケアレスミスをしたり時間が足りなかったりしていたようですが、ずいぶん落ち着いた。要領が良くなったとも言えるかもしれません。まあ、なんにしても良い傾向です」

担任の先生に太鼓判というほど立派でもない保証をされて、保護者として隣に座る冴子《さえこ》さんも安堵《あんど》しているようだった。私も少しホッとした。

そうして一年目の進路面談はあっという間に終わり、私は冴子さんと教室を出た。

「お父さんが帰ってきたら、良い報告ができるわね」

「お父さん、年末には帰ってくるの？」

「年明けになると言ってたわ。論文が大詰めなんですって」

「そっか……残念だね。せっかくの新婚なのに」

「大事な仕事があるのだから仕方ないわ。お互い新婚を楽しむような歳じゃないし」

「そうかなぁ。お父さんはそういうの好きだと思うけど。試しになにかおねだりしてみたら？」

「……大人をからかうものじゃありません」

冴子さんはそっぽを向いて言った。照れているのかもしれない。

冴子さんとはずいぶん会話が増えたように思う。むしろ以前まではどうしてあんなに緊張して遠慮していたのかと首を傾《かし》げるくらいだ。

新しい家族。新しいお母さん。上手《うま》くやっていくにこしたことはない。

「少し安心したわ」

唐突に冴子さんが口を開いた。

「悪い意味にとらえないでほしいのだけど……正直、葉月さんが何を考えているかよくわからなかったの」

申し訳なさそうに目を伏せながら、冴子さんはぽつりぽつりと打ち明けてくれた。

自己主張が弱く言葉数も少ない私は、冴子さんにとっては未知の存在だったらしい。

何度も電話でお父さんに相談したが、あの通り研究一筋の不器用な人なのでアドバイスらしいアドバイスももらえず困り果てていた――と。

それは悪いことをしたと今さらながら反省する。

以前の私は頭の中でいろいろと思考を巡らせるばかりで、肝心《かんじん》なことは言葉にも行動にも示さなかった。そのせいでいくつも誤解や失敗を生んでしまうことも少なくなかった。

考えているだけでは時間の浪費でしかない。空想はなにも生み出さない。いくら本を読んで知識を蓄《たくわ》えたとしても、何もしなければ宝の持ち腐れだ。

当たり前のことだけど、今はちゃんとわかっている。

「それじゃあ私は仕事に戻るわ。悪いけどお夕飯は適当にすませておいて」

「はい。いってらっしゃい、冴子さん」

忙《せわ》しなく出ていく冴子さんを見送る。

うん。今日も自然に笑えた。


冴子さんを玄関で見送ってから私は教室へ戻った。

校内は週末に催《もよお》されるプロムの準備におわれていて、上級生たちが慌ただしげに廊下を行き来している。高校生活を締めくくる最後のイベントだけあって、準備にはずいぶんと力が入っている。中心なのは二年生たちだけど、来年には自分たちが送られる側になるのだから気合いも入ろうというものだ。

私も、来年の今頃はああやって準備に奔走《ほんそう》しているのだろうか。

「って、のんびりしてる場合じゃなかった！」

待たせたらまた口うるさく言われてしまう。

私は急いで講堂の方へと向かった。


「遅い！」

私の顔を見るなり、美沙《みさ》さんは不機嫌に眉《まゆ》を吊り上げて怒鳴った。

「一年のうちから進路相談なんて意味ないわよ。そんなことよりプロムの方が百万倍大事よ」

そういう文句は先生に言ってもらいたい。

と内心でツッコミつつ、カバンの中をごそごそさぐる。

「はい、頼まれたもの持ってきたよ。これでいいんだよね？」

家から持ってきたヘアアイロンを渡すと、さっきまで不機嫌だった美沙さんの顔がぱーっと笑顔になる。

「これこれ！　助かったわ！」

なぜ学校でヘアアイロンが必要なのか。オシャレな人の考えはよくわからなかった。

それでも、以前に比べたらずいぶんと普通に会話できるようになったと思う。

性格も考え方もまるで違うのだから、無理して理解しようとしなければいい。そう割り切ってしまえば案外、簡単だった。

「葉月、アンタもちゃんと準備しときなさいよ」

任務は果たしたので、さあ帰ろうと踵《きびす》を返した私に、美沙さんが言った。

「準備ってなに？」

「プロムに決まってるじゃない」

プロム。プロムナードの略。日本語では舞踏会。おもに卒業パーティのことを示す。

「えええええええっ⁉」

あまりに予想外だったので、思わず辞書にあった文面を暗誦《あんしょう》してしまった。

「な、なんで私がプロムに⁉」

「アタシが実行委員の枠で潜《もぐ》り込ませたから」

「聞いてないよそんなの！」

「当たり前じゃない。言ってないもの」

「あわわ……」

ちょっと待って混乱してきた。

プロムは卒業生のためのパーティで、パートナーと一緒に行くのが基本。私は一年生だから三年生に誘われでもしない限り参加できない。もちろん誰にも誘われていない。

「まあ、いいから聞きなさいって」

そう言うと、美沙さんは私に耳打ちをする。

「アンタ、例の他校の人となんかあったんでしょ」

「え……」

訳もわからず、ドクンと心臓が跳《は》ねた。

「ずっと暗い顔して、バレバレなのよ。ちょっとは気晴らししなさい」

「で、でも……」

「でもはナシ。いい？　オトコの傷はオトコで埋め合わせするのが一番なのよ」

すっかり私が失恋したと思い込んでいる美沙さんは「アタシに任せなさい」と笑う。

「とりあえず、美容院でそのもっさい前髪をなんとかしてきなさい。アタシがいつも行ってるとこ教えてあげるから」

「ま、待って、私、ドレスなんて持ってないよ」

そう、プロムには盛装——つまりは、ドレスを着ていかなければならない。

「あるじゃない。ほら、あの青いドレスが」

「あ……」

青いドレス。それはお母さんのドレスのことだ。

虫がつかないように、たまに陰干ししていたのを美沙さんも見ていたのだろう。

「そういうわけだから、がんばりなさいよ葉月」

強引な美沙さんに押し切られるようにして、私のプロム行きが決まってしまった。

学校を出た私はいつものように書店に寄って帰ることにした。

日本一の書店街にもクリスマスムードはやってきている。コンビニのポスターやショーウィンドウの飾りつけ、本屋さんでは「クリスマスに読みたい一冊」「恋人たちに贈る極上のラブストーリー」なんてコーナーもできていて、どこもこの時期に売り上げを伸ばそうと余念がない。

「恋人かぁ……」

そんな空気にあてられてか、私も思わず一冊手に取ってみたりする。

それはちょっと前に映画化もされた小説だった。確か、主人公の女性がウェディングドレスのまま式場を飛び出していくシーンがCMで流れて話題になっていた。それが女性の共感を呼んで映画も小説も大ヒットしたのを覚えている。

しかし、いくらなんでも式の当日に逃げ出すのはいかがなものか。そんな急に心変わりするなんてことがある？　そんなことを考えてしまい、ベストセラーになったにもかかわらずいまだに読んだことがなかった。

「ちがった、今日はこっちじゃなかった」

珍しく愛だの恋だのに浮ついた気分になって危うく手に取りそうになっていた私は、我に返ると趣味・実用書のコーナーへと進路変更する。

「えーと……社交ダンス……社交ダンス……」

舞踏会という名前の通り、プロムではパートナーとのダンスが必須《ひっす》だ。

私は運動は苦手だし、リズム感にいたっては壊滅的なので、今からでも多少は練習しておかないと、私の殺人ヒールでパートナーを何人も再起不能にしてしまうかもしれない。

「プロムかぁ……自分には関係ないと思ってたんだけどなぁ」

ぼやきつつも、いくつかの本を開いてみて良さそうなのを探す。どれもあまり違いがわからない。しかも専門書だけあってやたらとお高い。高校生のお財布にはちと厳しかった。

「そうだ、こういうときは……」

あみだくじみたいな裏路地を抜けたところに、その古い図書館はひっそりと存在していた。

この場所は、いつだって私を別の世界へと連れていってくれた。

胸を過《よ》ぎるノスタルジーのような何かを振り切って、私は中に入った。

図書館は相変わらず利用者がほとんどいなかった。大して広くもないスペースに天井近くまでぎゅうぎゅうに本棚が詰め込まれているのは圧迫感すらある。本のラインナップも偏《かたよ》り過ぎていて、これでは利用者も限られるだろう。おまけにいまだに手書きの貸し出しカードを使っている。

そんな、時間に取り残されたみたいな空間の中で、新刊コーナーに並ぶ真新しい本だけが妙に浮いていた。

「なんでだろ……前は、もっと……」

久しぶりに足を踏み入れた馴染《なじ》みの場所で、私はなんとも言えない違和感に包まれていた。

以前はこの図書館の独特な雰囲気が大好きだった。別の世界に迷い込んだようで楽しかった。

なのに、今はあまりワクワクしない。すべてが色褪《いろあ》せてしまったように見える。

子供の頃に大好きだったアニメの再放送を見たら「あれ？　こんなもんだったっけ？」とガ

ッカリしたことがある。その時の感覚によく似ていた。

急速に熱が冷めていく感覚を味わいながら、私は目当ての本を借りて図書館を後にした。


街を歩いていると、クリスマスの飾りつけがあちこちで目に入った。

つい先日までは自分とは関係ないと思っていた赤だの緑だのという色彩が、今日はやけに気になってしまう。

「プロムかぁ……」

学校のイベントとはいえ、クリスマスを誰かと過ごすなんて日が自分にも来るとは思ってもみなかった。

ちゃんと目を向けてみれば、現実もそう捨てたものじゃない。

胸躍《むねおど》る冒険はないけれど、代わりに確かな実感がある。夢のようなハッピーエンドはないけれど、小さな幸せはずっとたくさんある。

そうして私は『物語』を必要としなくなった。

目の前の現実を認めてほどほどのところで妥協《だきょう》するようになった。

そのおかげか『物語症候群』もあれから一度もやってこない。

たぶん……そう、私は大人になったのだ。

借りてきた本を抱《かか》えて家路《いえじ》を急いだ。

今夜からさっそくダンスの練習をしなければ。せめて、相手《パートナー》の足を踏んづけたりしないくらいにはなっておかないと。

「鍵村《かぎむら》葉月」


ちょうど駅前のファストフード店の前だった。

雑踏《ざっとう》の中で目立つオリーブ色のフードをかぶったその人は、確かに私の名前を呼んだ。

私はもう空想は卒業したんだ。本の中に自分を探したりもしない。物語に逃げ込んだりもしない。私が決めた。私が選んだ。二度と私の前に現れることはない。

そう聞いていいたし、そういう『契約』だったはずだ。

このまま気づかなかったフリをして通り過ぎればいい。家に帰ってごはんを食べて、ちょっとだけ夜更《よふ》かしをしてベッドに入るんだ。そしたら明日もまた普通の一日がはじまるんだ。

振り返るな。もう未練なんてないはずだ。

あそこには、もう私の居場所なんてない。

自分に強く言い聞かせる。だけど——

「なんの、ご用ですか。……学園長さん」

適当に飲み物を買って、私たちは窓際《まどぎわ》のこぢんまりとした席についた。

立ち止まったその場所が以前にあの人と出会ったファストフード店だったのは偶然だったのだろうか。それとも、学園長さんはそれを知っててここで待っていたのか。

いずれにしても、私はあそこで振り返ってしまった。忘れたフリができなかった。

だからこうして、今、学園長さんと向かい合っている。

「さて、こうして私と向かい合っているということは、薬は飲まなかったのだな」

「………」

私は無言で頷《うなず》いた。

「別に咎《とが》めるつもりはない。そもそもあれの中身はただの水だ」

「はぁっ⁉」

思いも寄らないことに私は目を瞬《しばたた》かせる。

「記憶を消す薬は少々危険なものだ。上からの命令とはいえ、そんなものを飲ませるわけにはいかんだろう？」

「いいんですか？　その……こっちで魔法の世界のことを言いふらすかも」

「なんの問題がある？　いくら語ったところでただの妄言《もうげん》だと一笑《いっしょう》に付《ふ》されるだけだ」

学園長さんの言う通りだ。「本棚の向こうには魔法の世界があるんだ！」などと声高《こわだか》に語ったところで信じる人なんていないだろう。幽霊でも見たと言った方がまだ信憑性《しんぴょうせい》がある。

「記憶を消す薬は、むしろ去る側への配慮だ。新しい世界で生きるなら以前の常識などないほうがいいからな。きみの場合はもともとこちらの人間であるわけだから必要ないと判断した」

相変わらず学園長さんは強引だった。

もらった直後は飲むか飲むまいかずいぶん悩んだのに……。

「じゃあ、どうして……」

今になって会いに来たのか。せっかく忘れかけていたのに。未練も後悔もゆっくりと記憶の奥底に沈みはじめていたというのに。どうして今さらほじくり返すのか。

私はもう……。

「きみとは一度、じっくりと話をしたかった」

「私と……？」

「そう、きみだ。誰でもない『シンデレラ』が選んだきみに、聞いてほしい物語がある」

そう言うと、学園長さんは語りはじめた。

舞台は魔法学園。主人公はそこに通うひとりの少女《メドヘン》だ。

それは壮大でもなくドラマチックでもない、ひどく淡々とした言葉からはじまった。

「優しい少女だった。誰かに声を荒らげたこともなければ、人を傷つけることなんて考えもしない。魔法で誰かを幸せにできると心から信じ、〝シミ〟や魔法獣《フレック》ですら救いたいと本気で願っていた。だが、その願いは魔法使いの中では非常識でひどく歪《いびつ》な理想だった。だから彼女は親しい友人だけにしかその夢を語ることはなかった」

学園長さんは、そこでいったん言葉を句切ると窓の外に視線を向ける。

その目には、どこか遠く、昔を懐《なつ》かしむような色があった。

「不幸だったのは、彼女がとても優秀なメドヘンだったということだ。当たり前のようにヘクセンナハトに出場することになった彼女は、自分を押し殺して必死に戦った。勝てば自分の夢が叶《かな》うかもしれない。馬鹿げた夢物語を真実にするため、戦って戦って、並み居るライバルたちを倒しチームを勝利に導いた。おそらく、もうその時点で彼女の心はボロボロだったのだろう。すべて終わった後、彼女は『原書』との契約を破棄《はき》し魔法使いであることも辞《や》めて姿を消した」

学園長さんは物語を締めくくった。

私にもわかる。きっと、その優しいメドヘンの友人が学園長さんなのだろう。

それにしてはどこか他人事《ひとごと》のような口調が気になった。

「でも、ヘクセンナハトで優勝したら〝どんな願いでも叶う魔法〟が手に入るって……」

学園長さんは無言のまま首を振った。

「彼女が真に何を願ったのかはわからんが、少なくとも〝シミ〟や魔法獣は存在しているし、争いはなくなっていない」

その子は別の何かを願ったってこと……？　わからない。

「……その女の子が持っていた『原書』が『シンデレラ』なんですか？」

「そうだ。なぜか『シンデレラ』もそれ以来、行方《ゆくえ》不明になっていた。彼女が持ち出したという噂《うわさ》もあったが、真相は不明だ。いや、忘れてしまった」

「忘れた……？」

「おそらく私は記憶を消す薬を飲んだのだろう。彼女の名前も顔も、共に過ごした日々も思い出せない。だが、はじめて二人で空を駆けた時の感動やお互いの夢を語りあった夜の想いは消えることなく残っている。彼女の苦悩に気づいてやれなかったという後悔もだ」

いくら記憶を消しても、感情だけは消すことができない。それがあの薬の欠陥《けっかん》なのだと学園長さんは言った。

「もう二度と『シンデレラ』が私の前に現れることはないと思っていた。だから鍵村葉月、きみが現れた時にはずいぶんと驚いたのだよ。そして期待してしまった。あの時、私は彼女を救えなかった。彼女の願いを知っていながら、それをただの夢だと心の底からは信じてやれなかった。だから、きみと土御門静《つちみかどしずか》を身代わりにもう一度、あの時の物語をやり直せるのではないかと……」

そうしてまた学園長は押し黙る。何かを思い出そうとしているのかもしれないし、むしろ思い出さないようにしているのかもしれなかった。

「すまんな。とりとめのない話になってしまった。だが、どうしてもきみに聞いてほしかった。知って、記憶に残してほしかったのだ。とてもとても優しい女の子《メドヘン》がいたことを――」

学園長さんが本当は何を言いたかったのかはわからない。だけど、私を通して思い出すら失った誰かに話していたように思う。

なぜなら学園長さんにとって『シンデレラ』だけが彼女との思い出を繋《つな》ぐ唯一《ゆいいつ》のものだから。

「さて、これで私の物語は終わりだ。もう二度ときみの前に現れることもない。言わばここがエピローグだ。私のわがままに付き合わせたことに謝罪と感謝を。この先、きみはきみの物語を生きてくれ」

学園長は微笑むと席を立った。

このまま、行かせてしまっていいのだろうか？

急に私の中に焦《あせ》りが生まれた。なにか、まだ、聞くべきことがあるんじゃないだろうか。そう思って慌《あわ》てて呼び止める。

「あの！　静ちゃんたちの試合は――」

学園長は立ち止まって答える。

「試合は一週間後の十二月二十五日だ。安心したまえ。土御門静は強い。本来の力を発揮すれば負けることはないだろう」

それだけ言うと学園長さんは雑踏《ざっとう》の中に消えていった。文字通り、すべて跡形もなく、まるで存在すらなかったかのように。

十二月二十五日。

クリスマス。舞踏会《プロム》の日。

そして静ちゃんの誕生日で、同時に彼女のお母さんが亡くなった日だ。

重なったのはただの偶然だ。そこに特別な意味はない。

運命なんてあらかじめ結末の決まった物語の中にしか存在しないのだから――

その夜、私は部屋でひとり悶々《もんもん》としていた。

学園長さんの話――『シンデレラ』と少女が辿《たど》った結末が私はずっと気になっていた。

静ちゃんも、カザンさんも、それからきっと他のメドヘンたちもみんな何か叶えたい願いがあってヘクセンナハトに参加するのだ。

私はちっともそんなこと考えてなかったけど。

ただ、魔法があれば、魔法使いになれば何かが変わると、そう思っていた。

だけど、そもそも私は魔法使いになってなにがしたかったのだろう……。

私の前に『シンデレラ』を手にした少女も、同じように迷って悩んで、最後には原書を手放したのだろうか。そして学園長さんは、どんな思いで記憶を消す薬を飲んだのだろう……。

「うう……わかんないよぉ」

机の上の小瓶《こびん》を指先で弄《もてあそ》びながら、私は溜息をつく。

中で蛍光インクみたいに光る黄色の液体がゆらゆらと揺れている。

飲みもせずに未練がましく持っていたのは、勇気がなかったからだ。

忘れる選択も、忘れない選択も、どちらも選べなかった。

優柔不断。曖昧《あいまい》でどっちつかず。今の私そのままだ。

中身が実はただの水だったというオチも、実に皮肉めいてピッタリだった。

『ねえ、ちょっといい？』

ノックの後に、美沙さんの声が聞こえてくる。

「うん、どうぞ」

言って、私は小瓶を引き出しにしまう。

ベッドに腰を下ろした美沙さんは、どこか落ち着かない様子で口を開いた。

「アンタ裁縫《さいほう》とか得意だったわよね」

「得意ってほどじゃないけど、一応できると思う……」

「だったら、ちょっと教えて！」

そう言って美沙さんが見せてきたのは赤いリボンの束だった。

説明してもらうと、長いリボンを編んで花のかたちにしたいらしい。

そういえば卒業生の胸元を飾る花のコサージュは親しい後輩が手作りして贈るのが学校の伝統だと聞いていた。ということはつまり、これは美沙さんがプロムのパートナーに贈るのだろう。

「うん、いいよ。でも、これだと寂《さび》しいからもっとレースとか使って豪華にしたら？」

「う……でも、難しくない？」

「大丈夫。私にもできるくらい簡単だよ」

さっそく裁縫道具とレースの切れ端を使ってコサージュ作りをはじめた。

あくまで作るのは美沙さんだ。私は横からアドバイスすることにした。

「そこ、しっかり縫いつけてね。緩《ゆる》いと一気にかたちが崩れちゃうから」

「もう、こういうチマチマしたこと大嫌いなのにっ」

文句を言いつつも美沙さんの顔は真剣そのものだった。

好きな人のためなら苦手なことでも率先してやる。それだけ特別な想いがあるのだ。

——人を好きになるのって、どんな気持ちだろう？

小さな針とレース相手に格闘する美沙さんを見ているうちに、ふとそんな疑問が頭に浮かんでくる。

「ねえ……聞いてもいい？」

「手短にしてよ。失敗しちゃうから」

美沙さんは眉間《みけん》にシワを寄せながら答えた。

「王寺《おうじ》先輩のどういうところが好きなの？」

「はぁッ!?」

よっぽど驚いたのか、美沙さんは思わず短い悲鳴をあげる。

どうやら指を針で刺してしまったらしい。指先にぷっくりと小さな赤い雫《しずく》が浮いていた。

「ご、ごめんなさい！　すぐに絆創膏《ばんそうこう》を」

「いいって、この程度。それよりアンタ、なんてこと聞いてんのよっ」

「え……な、なにか変なこと聞いちゃった？」

美沙さんが恋に至った経緯《いきさつ》とかを聞きたかったんだけど、まずかったのかな？

彼女が驚いた理由が本気でわからず、私はちょっと狼狽《うろた》えてしまった。

「アンタ、ほんと空気読めないわよね」

「う……そ、そうかな」

心あたりはありすぎるほどある。

「あのね、恋バナするなら、もっとこう、そういう空気っていうか会話の流れがあるでしょ」

「うん、ごめんなさい。もう聞かない」

私が口をつぐむと、なぜか美沙さんは不機嫌そうに睨《にら》んでくる。

「な、なに？」

「……聞きなさいよ。今は、そういう空気なんだから」

どうやら本当は話したかったらしい。


美沙さんとお相手の先輩がお互いを認識したのは文化祭よりもずっと前らしい。

女子グループの中心ということもあって、イベントの度《たび》に担《かつ》ぎ出される美沙さんと生徒会に所属している先輩はいろんなところで顔を合わせた。

先輩は物静かで話題の中心からは少し距離をとって笑っているような人だったという。とくに美沙さんの好みでもなかったし興味もわかなかった。しばらくは名前すら知らなかったらしい。それが変わってきたのは文化祭の頃だった。

「みんなが帰った後、先輩がひとりで片付けしてたのよ。見ちゃったら無視するわけにもいかないじゃない？　だから手伝ったの。その時、なんとなく、〝いいな〟って思ったの」

「……えっ？　それだけ？」

「そうよ。ていうか、なにその顔」

　私の内心のガッカリは思い切り顔に出ていたらしい。

「一目惚《ひとめぼ》れしたとか、ピンチを救ってもらったとか、そういうのは？」

「はぁ？　あるわけないでしょ。漫画じゃないんだから」

「でも、じゃあ、いつ、どういう時に告白するの？　どんなきっかけで好きになるの？」

　私の質問に、美沙さんはうんざりとした様子で溜息をつくと、

「アンタ、めんどくさい」

「はうぁっ⁉」

　め、めんどくさい……。

　薄々自覚はしていたけど、こう面と向かって言われるとショックが大きい。

　動揺から立ち直れない私に美沙さんはさらに追い打ちをかけてくる。

「だいたいさあ、実際に付き合ってみないと相手のことなんてわかんなくない？　いきなり出会ってお互いに好きになるとかありえないでしょ」

「で、でも、小説とかだと……」

「これだからオタクは！　なんでもかんでも本に頼って！　もっと自分で考えなさいよ！　いきなり花束とか寒いっていうの！　しかも人前で！　凝《こ》った演出とかいらないんだってば。私は一緒にいられればそれでいいのにっ」

　なにやら途中から別の誰かへの文句になっていたけど、それはともかくとして美沙さんの言

うことはこれまでの私の空想をぜんぶ台無しにしてしまうようなものだった。

「あのね、本に書いてあることは書いてあることだけなのよ。服とかもさ、雑誌ではすごくよく見えても、実際に自分で着てみたらなんか違うなーってことあるでしょ？」

「う、うん……？」

いまいちぴんとこない。だって、ファッション誌なんてほとんど読まないし……。

美沙さんは「ああ、もう！」と苛立《いらだ》たしげに叫ぶと、

「要するに！　あんたの読んでる本に、あんたのことは一つも書いてないってこと！」

「あ……」

衝撃だった。なんていうか、頭にガツンと隕石《いんせき》でもぶつかった気分だ。

――自分の『物語』を見つけなさい。

ずっと昔、お母さんが私に言った言葉を思い出す。

子供だった私は、本の中にそれがあるのだと思い込んでいた。でも、そうじゃなかった。

いま、私の物語《みらい》には次のページが存在していない。すべて白紙だ。

結末のない『物語』が私に問いかけてくる。

〝さあ、どうする？〟

――と。

この先は白紙だ。なにもない。

可能性は無限大だとも言えるし、まったくのゼロとも言える。

突きつけられた未来に、私はまだ答えを見つけていない。

だってそれは、誰も知らない物語だから——

第　章
シンデレラは振り向かない

クズノハ女子魔法学園の真下に原書図書館はある。

図書館は魔法使いの至宝とも言うべき『原書』を守る砦《とりで》であると同時に、世界を混沌《こんとん》に染め上げる〝シミ〟をおびき寄せ、駆除するための魔法の罠《わな》でもある。

数多《あまた》の『原書』が収められた書架の列に、その日あらたに特別な一冊が並ぼうとしていた。

「なにも、ここまですることは……」

土《つち》御《み》門《かど》静《しずか》は、その異様な光景に顔をしかめた。

台座の上に置かれた一冊の『原書』。四方から鎖《くさり》でがんじがらめにされ、決して誰にも開かれることのないよう厳重に拘束されている。

「必要な措置です。貴重な『原書』が失われることがあってはなりません」

それを命じた男は、満足そうに言った。

〝封印書架《チェインドライブラリー》〟

そこに収められた『原書』は契約者を持てず、ただ魔力を絞り取られるだけのものになる。

本来は契約者やその周囲に害を及ぼす危険な『原書』にのみ行われるはずの措置を、十三人委員会は『シンデレラ』に施《ほどこ》すことを命じた。

「では、よろしくお願いします」

男の指示で最後の杭《くい》が打ち込まれる。地面に描かれた魔法文字が光を放ち封印が完成した。

これでもう、二度と人の手が『シンデレラ』に触れることはないだろう。

本は何も言わず、固く冷たい鎖に捕らわれている。

まるで磔《はりつけ》にされているようだと、静は思った。


学園長室に静が足を踏み入れると、中では学園長たちが忙《せわ》しなく働いていた。

「ほんの少し留守をしただけで仕事が山積みだ。すまんが、このままで失礼させてもらうよ」

机に齧《かじ》りつくようにして書類を片付けている学園長が言う。

書類仕事をする学園長の他に、本を読む学園長、星読みをする学園長、お茶をしている学園長、ほっかむりをして掃除をする学園長がいる。

「『シンデレラ』の封印が終わりました」

学園長が複数いることに今さら驚くこともなく、静は淡々と報告をする。

「ふむ……ご苦労だった。きみには嫌な仕事を押しつけてしまってすまないね」

「いえ……」

封印の立ち会いは、本来なら学園長がするべきなのだが、委員会の男は静に立ち会うよう求めてきた。意図はわからない。自分の権力を見せつけたかったのかもしれない。

「静くん、お茶はどうかね？」

優雅にティータイムとしゃれこんでいた学園長が静を誘う。

「いえ、わたくしは……」

「少し話もある。せっかくだから付き合いたまえ」

抵抗しても無駄だと悟った静は溜息をついて出されたお茶を手に取る。西洋アンティークのティーカップに注がれていたのは緑茶だった。

「勝てそうかね」

学園長がズバリ核心を衝《つ》いてくる。

「……勝ちます」

負ければ学園はなくなるかもしれない。母が命がけで守ったこの場所を失ってたまるものかと、静は目の前の女性を睨《にら》みつけるつもりで見据えた。

「そうか、頼もしい答えだ」

当の学園長は、静の鋭い視線など意に介した様子もなかった。

「きみの母上もそうだった。やると決めたことは必ずやり遂《と》げる。迷わず、揺るがず、誰にも頼ることはない。孤高《ここう》にして最強の『原書使い』。それは見習《メドヘン》いの頃から変わらなかった」

静は驚いた。『原書使い』として第一戦で活躍する母のことは知っていても、それ以前――メドヘンとしてこの学園に通っていた頃を話す人はほとんどいなかった。

母のことを聞きたい。そう思いつつも、素直に口に出せずにいると、学園長が逆に静に質問を投げかけてくる。

「なぜ『原書』は年若い少女を契約者に選ぶと思う？」

「なぜ……ですか」

考えたこともなかった。

〝シミ〟や魔法獣《フレック》と戦うためだとしたら、肉体的にも精神的にも発展途上な少女だけを選ぶのは不自然だ。

なぜ、『かぐや姫』は自分や、母を選んだのだろう。

「私はこう考えている。『原書』にはある種の意思や感情のようなものがあるのではないかと」

「まさか、そんな――」

否定しようとして、思わず言葉に詰まった。

確かに『原書』が選ぶ人間には傾向のようなものがある。静もやはり性格や容姿が母によく似ていると言われてきた。

『原書』の力をより引き出すため、契約者は物語に自分を重ねてシンクロさせていく。端的に言って、物語の登場人物、とくにヒロインや主人公と似てくるのだ。

その方がより『原書』に好まれ、力を引き出しやすくなる。

だが、それではまるで――

「まるで、恋のようだ」

学園長は静の頭に浮かんだ言葉を読み取ったかのように口にした。

「魔法学園では入学時に原書図書館で〝お見合い〟をする。そこで『原書』に見初《みそ》められてメドヘンになる者が大半だ。きみのように親から子へ受け継がれる『原書』もあるが、そういう出会いは稀《まれ》だ。契約は一生涯続く者もいれば、数年で終わりを迎えることもある。ますます似ていると思わないかね」

そんなこと、今の今まで考えもしなかった。

「混乱させてしまったようだ。忘れてくれたまえ。ただの戯言《たわごと》だ」

学園長は目を細めて美味《おい》しそうに緑茶をすすった。


ヘクセンナハトは〝魔女の夜〟という名前の通り、いにしえの魔女たちが春の訪れを夜通し祝ったのが始まりとされる。

現在も、その趣旨《しゅし》は変わっていない。

ただ、少しばかり規模が大きくなり、期間も長くなっただけだ。

メドヘンたちが魔法の力を競い、ぶつけ合うことで生まれる白の魔法は原書図書館を通して世界中に注がれる。そうして春に活発になる黒の魔法――〝シミ〟を抑え込むのだ。

魔法使いたちにとって最も重要で、かつ最大のイベント。

それがヘクセンナハトだ。


静は大きな感慨《かんがい》と、それ以上の緊張をもってその日を迎えていた。

今日、負ければヘクセンナハトに出場することはできない。

それどころか、日本校はなくなってしまうかもしれない。

日本校の廃校。この地の原書図書館の解体。静にとっては生まれ故郷がなくなるにも等しい。

――そんなことは認めない！

控え室の床を睨みつけながら、静は強く念じる。

「い、いよいよですね……」

佐渡原舞《さどはらまい》が緊張した面持《おもも》ちで声をかけてくる。この予選最終戦で、補充メンバーとして急遽《きゅうきょ》選ばれた少女だった。『原書』は多くの人に読まれたものほど強い力を持つ。その点で言えば舞が持つ『鶴の恩返し』は『シンデレラ』に遠く及ばない。また戦い向きの『原書』でもない。だが、味方の傷を癒《い》やしたり強化することができる。なかなかに貴重な魔法だ。

舞はずいぶんと顔色が悪かった。無理もない。訓練の時間もほとんどなくいきなり本番なのだから。

「安心してください。佐渡原さんはわたくしが守ります」

なかなか緊張の抜けない舞を「本番まで休んでいるように」と半ば無理矢理座らせて、静はひとり息を吐く。

正直なところ、舞は戦力にはならないだろう。だが静の頼みを聞いてチームに入ってくれただけで充分だ。そうでなければ人数が足りずに不戦敗になっていた。

勝たなければならない。

だから自分が舞の分まで戦う。静は重い決意を胸に唇《くちびる》を噛む。

「静、大丈夫？」

めずらしく有子《ゆうこ》が気遣《きづか》うような視線を自分に向けていた。

「問題ありません。必ず勝ちます」

「そういう意味じゃない……」

有子の溜息は、静の耳には届いていなかった。

会議室の中央に浮かぶ球体。そこに出番を待つ静たちの姿が映し出されていた。

さらに球体を囲む円卓には十三の席が設《もう》けられ、それぞれに年老いた魔女が座っていた。

ただし、実際にそこにいるわけではない。魔法で空間を歪《ゆが》めて、あたかもそこにいるかのようにしているだけだ。

十三人委員会。老魔女たちはそう呼ばれていた。

「今年は豊作ですな」

「うむ。これほどの数の『原書』が目覚めたのは何十年ぶりか」

「ええ、ええ、七年前の事件で減った分を取り戻す勢いです」

魔法使いたちの頂点たる老魔女たちは上機嫌だった。

「イギリスはアーサーの名を継ぐ者が現れたとか」

「ドイツではこれまでにない人数のメドヘンが生まれております」

「しかしあそこのリーダーの『原書』は『魔弾の射手《しゃしゅ》』であろう？　もっと有名で力のある『原書』の契約者はいなかったのか」

「アメリカの『原書』は聞かぬ名ばかりですな」

「『複合原書《メディアミックス》』でしたか？　研究と称してずいぶん勝手な真似をしている」

「神聖な『原書』をなんと心得ておるのか。実に嘆《なげ》かわしい」

「勝手がすぎるようであれば、いずれ……」

老魔女たちとその取り巻きたちの会話を横に、学園長は心底うんざりしていた。

彼らにとってメドヘンは『原書』の付属品《パーツ》でしかない。早くも嫌気がさしはじめた学園長は、今も忙しく学園内を駆け回っているであろう八人の自分に「交代したい」と申し入れた。

返答は瞬時にやってきた。全員が全員「嫌だ」だった。

考えてみればみんな自分自身なのだから当然の答えだ。なのに、誰が老人たちの相手をするかでくじ引きをしたら〝当たり〟をひいたのは自分だった。

同じ自分なのに、くじ運には差があるらしい。

「して、日本校はどうだね？　確かリーダーは土御門の後継ぎだそうだな」

「はい。よくやってくれています」

静の名前が出ると、老魔女の一人があからさまな不快感を滲《にじ》ませた声で繰り返す。

「七年前の失態を繰り返さなければよいがの」

命を賭《と》してこの学園を守ったことを失態と言い捨てる。権力の座に根を張りすぎてあちこち腐りきっているようだ。いっそ根腐れてそのまま倒れてくれないものか。

そんなことはおくびにも出さず、学園長は笑みを絶やさない。

「『シンデレラ』の件といい、日本校はメドヘンの教育が不十分なのではないか？」

「申し訳ございません」

「七年前、我々は多くの『原書』を失った。『原書』の喪失《そうしつ》は世界の喪失である。メドヘンたちにもよく言い聞かせておけ」

「……はい」

学園長は頭《こうべ》を垂れながら、自分のくじ運の悪さを呪うのだった。

アガーテ・アーリアはたった一人で観客席に座っていた。

満員の場内にもかかわらず、なぜか彼女のまわりだけポッカリと人がいない。

他の観客たちも遠巻きにアガーテを見ながら、たまに目が合うと大慌《おおあわ》てで視線をそらす。

昔からアガーテのまわりには人が寄りつかなかった。

飼っていた猫も近所の子供も、アガーテを見ると大急ぎで距離を取る。

同じドイツ校のメンバーですら、彼女に遠慮して距離を取っているふしがあった。

――なぜみんな私を怖がる？

誰にも打ち明けていないが、密《ひそ》かにアガーテは悩んでいた。

「隣、いいかしら？」

そんなアガーテに声をかけてきたのはリン・デイヴスだった。

「……空席だ。好きにすればいい」

アガーテは答える。内心、ちょっぴり嬉しかったりするがもちろんそんなことはおくびにも出さない。

「わらわも同席させてもらおう」

今度はインド校のマハーカーリーがやってきた。今日は花びらをまく係は連れていないらしいが、代わりにマッサージ係と給仕係が同行している。

「姉貴！　こっち空《あ》いてるみたいだぜ！」

「シュエラン、あまり大騒ぎしてはなりませんよ。他のお客様に迷惑が……あら？」

さらに、中国校リーダー李雪梅《リ・シュエメイ》と雪蘭《シュエラン》は姉妹で連れ立ってやってくる。

「失礼、我々も同席させてもらってかまわないかな？」

ロシア校はお国柄らしく全員が揃《そろ》ってやってきた。

「おいで、アーサーここが空いてるみたいだよ」

「トリスタン！　そのような席に我《わ》が王を座らせるのですか⁉」

イギリス校はアーサーを先頭に、二人の側近が同行していた。

気がつけばアガーテのまわりは各校のメンバーだらけになっていた。

「やれやれだわ。せっかく静かに観戦できる場所を見つけたと思ったのに」

リンが不満そうにしていたが、アガーテは反対にウキウキとしていた。賑《にぎ》やかなのは嫌いではないのだ。

「さてと……どちらが勝ちますかしらね」

「日本じゃな。ユーミリア・カザンの実力は侮《あなど》りがたいが、あちらには土御門がおる」

ロシア校リーダーのマリヤの呟《つぶや》きにマハーカーリーが答える。

「カザンは強《つえ》ぇぜ。実際に戦ったあたしが言うんだから間違いない」

「そうですね。あの方、まだ私たちに本気を見せていないようでした」

李姉妹は揃ってカザンに注目していた。

「アガーテ・アーリア、あなたはどう思う？」

リンが聞いてくる。

「……さあな」

「あら、出し惜しみ？　〝神眼《しんがん》〟とまで呼ばれるあなたがどう見ているか知りたかったのに」

正直、アガーテの頭の中は別のことでいっぱいだった。

なにか食べ物を用意した方がいいだろうか。

こんなことなら、ポップコーンと飲み物を買ってくればよかった。一番大きいサイズのやつ。それをみんなで分け合うのだ。きっと楽しいに違いない。

一見、クールなアガーテがそんなことを考えているとも知らず、他の学校のリーダーたちはそれぞれに試合の結果を予想していた。

いろいろな意見はあれど、やはり誰もが日本校に分《ぶ》があると考えていた。

おしなべてその理由は土御門静の存在だ。

現存する最古の『原書』『かぐや姫』。

最古にして最強の『原書』を手にすることができたのは、土御門家の長い歴史の中でもわずか三人だけ。その一人が静だった。

それゆえ、土御門静の力には、各校のリーダーたちも脅威《きょうい》を感じていた。

ただ一人、リン・デイヴスだけ除いて。

「……来るわ」

唐突にアーサーが口を開いた。

直後、はじまりを告げる鐘《かね》が鳴り響いた。

＊

プロム当日は朝から大忙しだった。

起きてすぐ朝食を食べる間もなく美沙《みさ》さんにネイルサロンに連れていかれ、爪《つめ》をピカピカにしてもらったら今度は送迎の打ち合わせだ。なんでもプロムというのは男性が女性の家まで迎えに来てエスコートするのが習わしなのだそうだ。

ちなみに私をエスコートしてくれるのは美沙さんの同級生で、プロムの実行委員の人だ。明るくておしゃべりで、私みたいなコミュ力の低い人間相手でも気兼ねなく話しかけてくれるいい人だった。美沙さんいわく、あまり調子に乗らせてはいけないそうだが。

そうして打ち合わせが終わったら美容院に行って髪を整えてもらい、ドレスが窮屈《きゅうくつ》にならない程度にお腹《なか》に食べ物を入れると、すっかり日が暮れていた。

「やば……ちょっとキツいかも」

美沙さんがドレスのお腹のあたりをさすりながら苦しげに呻《うめ》いた。

「もう、あんなに食べるからよ」

「だって、お腹空《す》いてたんだもん。ねえ、それよりアタシ、なんか変じゃない？」

「大丈夫よ。ああ、あんまり髪を触らないの。せっかくのセットが崩れるでしょう」

緊張しているのか、美沙さんはさっきからずっとこんな調子だ。その度《たび》に、冴子《さえこ》さんが宥《なだ》めたりしている。

そんな二人のやり取りの横で、私はスマホばかり気にしていた。

もうそろそろ静ちゃんとカザンさんの試合が始まる頃だ。

試合の様子は、以前にカザンさんに教えてもらった魔法使いだけが見られるホームページでリアルタイム配信されるらしい。

一昨日《おととい》、思いあまってホームページを開いてみたら今でも見ることができた。

でも、それが間違いだった。あれ以来ずっと試合のことが気になって仕方なくなっていた。

私は、いったいどうしたいのだろう。

結果を知りたいだけならプロムが終わった後でも構わないはずだ。

試合を見守りたいというのも、なにか違う気がする。

静ちゃんや加澄《かすみ》さん、それにカザンさんとその仲間たちが傷つけ合う様子なんて見たくない。

なのに、どうして――

「葉月《はづき》さん、具合でも悪いの？」

「え……あ、いえ、そんなことないです」

気づけば、冴子さんが心配そうに私の顔を覗《のぞ》き込んでいた。

きっとずいぶんと難しい顔をしていたに違いない。

「緊張しているのね。無理もないわ。私も初めてドレスを着た時はそうだったから」

「冴子さんも……？」

「あれは、就職してすぐの頃だったかしら。出版社のパーティで、ドレスが苦しくておまけにものすごく緊張したから、貧血を起こして倒れちゃったのよ」

「うそ、ママがそんな失敗したの？」

その話ははじめて聞いたのか美沙さんも驚いていた。

「失敗なんてそれこそ山ほどしたわよ。最近も一つ大きなのをしでかしてたことに気づいたわ」

そう言うと、冴子さんは溜息をこぼす。

「葉月さん、ごめんなさい。私、母親のフリするのもうやめるわ」

「え……」

「葉月さんにだらしない格好は見せちゃいけないと思ってがんばってたけど、本当は家では楽な格好になって、だらーっとしたいし、朝はギリギリまで寝ていたいの！」

冴子さんは、なんというか、いっそ清々《すがすが》しいまでに開き直っていた。

「家事は苦手だし、仕事が大好きでしょっちゅう家を空けるわ。あと、お酒も大好きだからたまに酔っ払って絡《から》んだりするからね。覚悟しておいて。とにかく世間一般で言うところの母親らしいことは一つもできないと思ってちょうだい。……でもね、一人の大人の女としてなら相談に乗ってあげられる。それじゃダメかしら？　そういう家族は嫌？」

それは、はじめて聞く冴子さんの本音だった。

「ううん。ぜんぜん、嫌じゃない」

私が答えると冴子さんは心底ホッとしたように笑った。

冴子さんは、ずっと無理してたんだ。

もっと早く言ってくれればよかったのに。

「あ、そうか……そうだったんだ……」

その時、私は唐突に気づいた。

自分はこんなふうに静ちゃんに本音をぶつけたことがあっただろうか。

ない。だって、私は静ちゃんに嫌われたくないからって、ずっと無理をしていた。大事なことは何ひとつ伝えずにいた。それは冴子さんの言うように友達のフリをしていただけだ。

「私、やっぱりプロムには行けない」

自然と、そう口にしていた。美沙さんが驚いた顔をする。

「は？　アンタいきなりなに言って――」

「じ、実は今日、その、本当は試合があって、でも、ちゃんと自分の口で伝えてなくて……それで、今を逃したらもう一生言えないかもしれなくて……だから、行かなくちゃ！」

相変わらず上手《うま》く説明できなかったけど、美沙さんはすぐに察してくれたようで、

「……わかった。行ってきな」

「ちょ、ちょっと、いったいどういうことなの」

ひとり状況の飲み込めない冴子さんには申し訳ないけど、今は説明している時間がない。

「ママにはアタシが話しとく。プロムの方もなんとかする。だからアンタはちゃんと告《コク》ってフラれてきなさい」

「うん、そうする」

私は力いっぱいうなずくと、すぐに玄関へ向かう。だけど、その前に。

「ありがとう……お、おねえちゃん。おかあさんも！」

勇気を振り絞って、私は私の家族に伝えた。

そうして二人の驚いた顔を見てから、私はあらためて家を飛び出した。

走り出してから自分がドレスのままだということに気づいたけど、今さら引き返すわけにはいかなかった。

それにしても、だって試合はもう始まっているんだから。

ていうか、おねえちゃんは相変わらず勘違《かんちが》いがすぎる。はなから玉砕《ぎょくさい》すると決めつけているのもひどい話だ。でも、おねえちゃんの言うことも間違ってはいない。

そうだ、私は今から一世一代の告白をしに行くのだ。

＊

グラウンドの中央に、静たち日本校とカザンたち諸国連合のメンバーが向き合っていた。

ヘクセンナハト本戦に出場する最後の一チームを決める戦いとあって注目度は高く、多くのギャラリーが集まっていた。

向かい合う両チームの間にも、ただの予選とは思えないピリピリとした緊張感が漂っている。

「さて、今回は予選ではありますが十三人会議を含め、世界中が注目しております。そこで、特例としてヘクセンナハト本戦と同じく『始祖《しそ》の書』の使用が認められました」

審判として派遣されてきた男が言うと、彼の部下たちが大きな木箱を静たちの前まで運んで

くる。数人がかりでもって恭《うやうや》しく箱を開くと、そこには一冊の本が収められていた。

「これが……」

静は驚きをもって、その本を目《ま》の当たりにした。

『始祖の書』とは魔法使いたちの始祖である十三人の魔女が残した本だ。

そこには始祖たちの途方もない知識と経験が書き記されていると言われている。

「ご存じの通り、ヘクセンナハトとは始祖様が残された一つの強大な魔法です。その要《かなめ》こそが
この『始祖の書』なのです」

男は恍惚《こうこつ》とした表情で『始祖の書』を敬拝《けいはい》する。

「さあ、『始祖の書』に触れなさい」

審判《ヴイトメン》の男に指示されて、静とカザンが始祖の書に手を差し伸べる。

『widmen!』

二人が同時に呪文を唱えると、始祖の書を中心に地面に光が走った。

地下にある原書図書館が目覚め、世界を覆《おお》う儀式魔法『ヘクセンナハト』は起動した。

すると今度は『始祖の書』のページが開き文字が刻まれていく。

「託宣《たくせん》がくだされました。此度《こたび》の戦いは『攻城戦』となります。最初に到着したチームが城を
拠点とし防衛を行います。制限時間まで城を守りきれば勝利です。逆に遅れてきたチームはま
ず城の中枢《ちゅうすう》、玉座《ぎょくざ》の間《ま》へと到達することが第一条件となります。その後は制限時間までに、
より多くの敵を排除したチームの勝利となる。当然のことながら、敵チームの殲滅《せんめつ》ないしは敵

リーダーの降伏宣言によっても勝利とされます」

審判が『始祖の書』に示されたこの戦いのルールを読み上げていく。

ヘクセンナハトではその都度《つど》、場所や勝利条件が決められる。戦う者の資質や状況に合わせてその時点でもっとも相応《ふさわ》しい戦場が用意されるのだ。

「両者とも準備が整ったなら魔法円に入りなさい」

審判がグラウンドに出現した光る紋様への入場を促す。

両チームが魔法円の中に揃った瞬間から戦いははじまる。

「やっとこの時が来たな」

最初に口を開いたのはカザンだった。

「ずっと、テメェが気にくわなかったよ」

「あら、奇遇ですわね。わたくしもあなたのような下品な方は苦手です」

獰猛《どうもう》な笑みを浮かべるカザンに、静は負けじと言い返した。

「テメェを倒して、アタシらは帰る場所を手に入れる」

カザンの言葉には目の前の戦いに懸《か》ける執念のようなものを感じたが、静は黙ってそれを聞き流した。

なぜなら静にとってこれは通過点でしかない。勝って当然の戦いだ。

静は、一度ぎゅっと目をつむって呼吸を整えると魔法円に足を踏み入れた。

閃光が静の視界を真っ白に染めた。

足下の地面がなくなり身体がふわりと浮き上がる感覚がやってくる。しかし、それも一瞬のこと、気づけば静は〝別の世界〟にいた。

「ここは……」

赤茶けた大地。

青く高い空。

草木の一本もなく、どこまでもただただ荒野が広がっていた。

ハッと我に返った静は仲間たちの姿を探した。

……いた。有子も舞も、静から少し離れた場所で呆然《ぼうぜん》としている。二人とも急に連れてこられた世界に少なからず戸惑《とまど》っているようだった。

「お二人とも、すぐにブーフ・ヒュレを」

静につられて、二人もそれぞれの原書を取り出しその身に纏《まと》う。

ここはもう戦場なのだ。生身のままでいるわけにはいかない。

「これからどうする？」

「まずは、あそこを目指します」

静が指さした先、見渡す限りの荒野に建造物とおぼしきものがあった。

あれが審判の言っていた城だろう。こうして見ると砦や要塞《ようさい》といった雰囲気だが。

先に有利なポジションを取って待ち構えることができれば、戦いはグッと有利になる。

「急ぎましょう。カザンさんたちよりも先に、あそこを手に入れます」

静の指示に、二人はうなずいた。

＊

私は走った。

向かうのは図書館だ。急がなければ、もうすぐ閉館時間が来てしまう。

ドレスの裾《すそ》がひるがえり、セットした髪があっという間に崩れていく。

すれ違う人たちが何事かと振り返る。中にはスマホを向けて写真をとろうとする人もいた。

だけど、そんなことどうでもよかった。

「ハァハァ……ま、間に合った！」

閉館時間ギリギリで図書館に滑り込むと、真っ直ぐに最奥《さいおう》の書架へ向かう。

久しぶりだったけど、あの世界への扉を開く方法は忘れていない。

まずはこうして青い本に触れて……

「machen《マッヘン》!」

…………

なにも起こらない。

「なんで、どうして……マッヘン！」

もう一度、呪文を唱える。でも、やっぱり扉は開かない。

「お願い開けて！　私を静ちゃんのところに行かせて！」

すがるように、何度も何度も呪文を唱える。けれども扉は開かない。開いてくれない。

「やっととやりたいことを見つけたのに、これじゃなんにもはじまらないよ……」

「やれやれ、きみは本当におもしろいな」

うなだれる私の耳に聞き覚えのある声がする。

「学園長さん……」

「鍵村《かぎむら》葉月、きみを待っていた」

そう言うと、学園長はパチンと指を鳴らした。途端に目の前の本棚が光りだす。

「急ぎたまえ。舞踏会はすでにはじまっている」

軽い目眩《めまい》と共に降り立つと、そこはいつもの扉の間《ま》ではなく、最初にこっちへ来た時に降り立った体育倉庫の中だった。

「学園長さん！　静ちゃんたちは⁉」

「静くんは、ここにはいない」

「じゃあどこに⁉」

「まあ落ち着いて最後まで話を聞きなさい」

学園長さんに連れられて、私は体育倉庫を出た。

グラウンドには大勢の生徒が集まっていた。ギャラリーが取り囲んでいるのは、宙に浮かぶ大きな球体で、そこには静ちゃんたちの姿が映し出されていた。

「静ちゃん！」

私は思わず叫んでいた。

静ちゃんだ。ずっと会いたかった。

「静くんたちは魔法で創り出された別の空間にいる。ただ、残念ながらチームに登録されている者以外は中に入ることができない」

「そ、そんな……」

とっくの昔に『シンデレラ』を返してしまった私には、静ちゃんの仲間の資格がない。

「……なんと、これは大変だ！」

唐突に、学園長が書類を見て声をあげた。

「私としたことが、チーム登録から葉月くんの名前を削除するのを忘れていた」

「学園長さん……！」

「私が手を貸せるのはここまでだ。きみにはブーフ・ヒュレもなく、それどころか原書との契約すら破棄《はき》してしまっている。戦いの場に乗り込むのはとても危険だ。ケガではすまないかもしれない。それでも行くかね？」

痛いのは嫌だ。

苦しいのも、つらいのも、本当は嫌だ。

だけど――

「行きます。理由なんてわからない。会ったからってなんて言えばいいのか……相変わらず私は自分じゃなんにも決められない。それでも今、私は静ちゃんのところに行かなくちゃいけないんです！」

学園長さんはふっと息を吐く。

「あの球体の真下に光る模様があるだろう。あの中に飛び込めば静くんのもとへ行ける。ただし、すぐ側《そば》には審判とその部下がいる。彼らに止められないよう気をつけたまえ」

「はい。ありがとうございます！」

私は学園長さんにお辞儀をしてからギャラリーの方へ向かった。

人混みに紛《まぎ》れて、慎重に本へと近づいていく。幸い、みんな球体に映し出されている戦いに釘付けだった。私も、つい映像を盗み見る。

静ちゃんは戦っていた。

加澄さんも、そして知らない誰かも。

地面がえぐれ、大きな岩が軽々と宙に舞う。あんなのが当たったらひとたまりもない。

――怖い。

恐怖が急速に現実感をともなって私に襲いかかってくる。

怖い。怖い。怖い。

「うっ……はっ……！」

心臓が早鐘《はやがね》を打ち、急に息が苦しくなってくる。

『物語症候群』だ。克服したと思っていたけどそうじゃなかった。

本が読みたい。

今すぐ、何もかも忘れて物語の世界に浸《ひた》りたい。

そんな誘惑が私の決意を揺らがせる。

「……っ！　ちっがあああああうっ！」

思わず叫んでいた。

周囲の視線を一身に浴びる。

「なんだおまえは⁉」

男の人が、私を見て声をあげる。まずい。この人に見つからないようにって学園長さんに言われていた。こうなったらもうイチかバチかだ！

私はヘッドスライディングみたいに勢いよく魔法円に飛び込んだ。

＊

〝ゴウッ！〟

大気を震わす轟音《ごうおん》とともに砲弾が降り注ぐ。

砦にはカザンたちが先に到着していた。そしてカザンたちを主《あるじ》として受け入れると、砦は自動的に敵を――すなわち静たち日本校チームを排除しにかかっていた。

「きゃあああっ！」

「佐渡原さん！　わたくしの後ろへ！」

静たちのすぐ近くに着弾した弾《たま》が地面をえぐり、土を舞い上がらせた。

さらにもう一発、今度は静に向かって飛んでくる。

「『火鼠《ひねずみ》の皮衣《かわごろも》』！」

静は砲弾を赤い炎の衣で防いだ。黒い金属の砲弾が一瞬で蒸発していく。

「大砲なんて聞いてない」

身を低くして砲撃をかいくぐりながら有子が不満を口にする。

「誰かの固有魔法か、それとも最初からこの砦に設置してあったものか、いずれにせよ弾が尽きるということはないでしょうね」

「なにそれ、ずっこい」

「気持ちは分かりますが『始祖の書』が決めたルールは絶対です」

『始祖の書』が創り出す仮想空間はそこに記された始祖たちの記憶を元にしている。

はっきり言って防御側がずいぶんと有利なルールだ。だが、ヘクセンナハトはルールはあっても公平に競い合うスポーツではない。文句を言ってもはじまらない。

「ですが、このままでは埒《らち》が明きませんわね……」

静は有子たちに後退をうながしながら、砦の上部を睨む。

確証はないが、もっとも高く奥まった場所に『玉座の間』があるのだろう。

おそらくカザンたちもそこにいる。

「時間は限られています。砲撃をかいくぐりつつ、なんとか砦に突入しましょう！」

「んな無茶な」

「無茶でもやるしかありません」

自分で言ってはみたものの、静自身もさすがに一筋縄ではいかないと思っていた。

せめて大砲をいくつか黙らせられれば――

「加澄さん、少しの間、わたくしを守ってください」

「……ん、わかった」

有子が頷いたのを確認してから、静は大砲の前にその身をさらす。

〝ゴウッ！〟

すぐさま静に向かって、砲弾が発射された。

「いくよ……『打出《うちで》の小槌《こづち》』」

有子の固有魔法『打出の小槌』が地面を叩くと、大地が隆起《りゅうき》して静を砲弾から守るための巨大な壁になった。

だが、ただの土壁は一撃であっさり破壊されてしまう。

「ん、もうちょっと硬くするか」

そう呟くと、有子はもう一度、地面に『打出の小槌』を振り下ろす。

ふたたび地面が隆起する。今度の壁は黒かった。

〝ゴウッ！〟

また砲弾が飛んでくる。だが、今度の黒い壁は砲弾を受け止めてなお傷一つなかった。

加澄有子の『打出の小槌』は叩いたもののかたちだけでなく材質すらも変化させてしまう魔法だった。おそらく土を鉄かなにかに変化させたのだろう。

「これでしばらくは大丈夫」

有子は静に向かってビッと親指を立ててみせた。

静は心の中で有子に感謝を捧げる。おかげで準備の時間を稼《かせ》ぐことができた。

いつの間にか、静を中心にして銀色の枝葉が放射状に広がっていた。

「『蓬萊《ほうらい》の玉《たま》の枝《え》』」

静がその名を口にすると、足下に広がる枝葉——そこに実った数多《あまた》の宝玉から一斉に光線が発射された。

無数に放たれる細く鋭い光線は飛んでくる砲弾を次々に撃ち落としていく。

これだけの数を一度に発射すると、さすがに狙《ねら》いをつけるどころではなかったが、そこは数で勝負だ。

「このまま押し切って……！」

その時、網目のような光線をかいくぐって砲弾がひとつ静に迫る。

まずい。魔法に集中しすぎて気づくのが遅れた。今からでは狙いをつけて撃ち落とすのも難しい。かといってもう一つの固有魔法『火鼠の皮衣』を使えば近くにいる舞や有子を巻き込んでしまうかもしれない。

静は、いざとなれば自分の身体で受けるつもりで身構える。

「わ、わたしに任せてください！」

そこへ割って入ったのは舞だった。

舞の手から無数の糸が伸びる。それが格子《こうし》状に重なり砲弾を受け止めた。さらにゴムのように伸びて勢いを吸収すると今度は一気に弾《はじ》き返した。彼女の固有魔法『羽織物』だ。

糸は強靭《きょうじん》でありながらも柔軟。おまけに伸び縮みも自由自在。ただし、その材料は舞自身のブーフ・ヒュレであるため、使うたびに衣服の面積が減ってしまうという難点があった。

ホッと安堵する舞に、しかし静は厳しい表情で言った。

「佐渡原さん、あまり無茶はしないでください。あなたの魔法はブーフ・ヒュレを消費するのですから無計画に使えばすぐに退場になってしまいます」

「はい……すみません」

肩を落とす舞。するとさすがに見かねた有子が口を挟んだ。

「静、言いすぎ」

「っ⁉　わたくしは──」

思わず反論しようとして言葉に詰まった。

有子の言う通りだ。今のはずいぶんと大人げない対応だった。

ただ、頭ではわかっていても気持ちがついていかない。少しずつ過ぎていく時間。いまだ圧倒的に不利な状況。勝たなければ。こんなところで立ち止まってはいられない。

「ごめんなさい、言葉が過ぎました。それから……ありがとうございます」

静は自らの焦りをグッと飲み下して、あらためて舞に礼を言った。

「い、いえ！　わたしこそあんまりお役に立てなくて……」

「そんなことない」

そう言って、有子が城壁を指さす。

見れば、さきほど舞の『羽織物』が弾き返した弾が壁面の一部を破壊していた。

そのせいか、わずかだが砲撃の勢いが弱くなっている。

「この隙《すき》に突入しますわ！」

静が駆け出すと、二人もそれに続いた。

有子が作る壁と舞のネットで砲弾を防ぎながら、城壁まで一気に駆け抜ける。

「加澄さん！」

「ん……せーのっ」

『打出の小槌』が石積みの強固な城壁に振り下ろされる。

次の瞬間、鎚に触れた部分から城壁が細かい砂になって崩れ落ちていった。やがて、人間が通るには充分なサイズの穴が城壁に穿《うが》たれる。

「今です！」

最初に静が、続いて舞が穴へ飛び込んでいく。

城壁の内側に入ったことで砲撃はなくなった。次は矢か熱した油でも降ってくるかもしれないと身構える静だったが、中はいたって穏やかなものだった。

代わりに一人の少女が待ち構えていた。まるで静たちが突入してくるのをあらかじめ予想していたかのように、動揺することもなく少女は笛を構える。

〝――――〟

キンと不快な耳鳴りが静たちを襲った。

「ぐっ……なんですの……⁉」

静は不快なノイズに顔をしかめた。だが攻撃にしては弱い。

そう思った直後、砦の中から〝黒い波〟が押し寄せてきた。

「ひぅっ⁉」

それを見て有子が顔を引きつらせた。

隙間という隙間から溢《あふ》れる黒い波、それは大量のネズミだった。

どうやらネズミが苦手らしい有子はすっかり硬直してしまっている。

「きゃあああ！」

今度は舞が悲鳴をあげた。見れば、舞の糸にネズミたちが一斉に食いついていたのだ。

「やあぁっ、食べないでぇ……！」

糸の端っこを食われて引っ張られた舞は、糸巻きのようにくるくる回る。ついでに布面積はどんどん失われていった。

「加澄さん！　しっかりしてくださいまし！」

静は『火鼠の皮衣』で押し寄せるネズミたちを焼き払いながら有子に呼びかける。

こういう限られた空間では静の魔法は使い勝手が悪い。有子には固まってもらっている場合ではなかった。

「加澄さん！」

「うう……わかったよぉ」

半泣きになりながらも有子は打出の小槌を振り下ろした。

小槌が叩いた場所を中心に、石畳が手前からめくれ上がり、大きなポスターを丸めるようにネズミたちを巻き込んでいった。

「名付けて、ネズミほいほい」

有子がうんうんとひとり満足げに頷いていた。

静はその間に辺りの様子を確認する。ネズミを操る少女はすでに姿を消していた。

代わりに入り口がまるで誘うようにポッカリと開け放たれている。どう見ても罠だ。

「加澄さん、『打出の小槌』はあとどのくらい使えますか」

「大きいのは二回……がんばれば三回」

静は内心で壁を破壊して侵入という案をひとまず保留にした。

有子の魔法は便利な分、魔力の消費が大きい。

しかも相手はまだ一人しか姿を見せていない。この先、なにが待ち構えているかわからないのだからできる限り温存したかった。

正直なところを言えば静の〝奥の手〟を使えば、目の前の砦を一気に破壊することもできる。だが、砦の最上階に到達することが静たちの勝利条件に組み込まれている以上、無茶はできない。それに、静がそんな大魔法を使えば巻き込まれた舞は——

「すみません……わたし、足手まといですよね」

静の考えていたことを察したのか、舞は申し訳なさそうにうつむく。

練習不足、使い勝手の悪い魔法、さらに原書自体が戦闘向きではない。

口には出さないが誰の目にも明らかだった。だが、それでも舞がいなければこの場に立つことすらできなかったのだ。

——あの子なら、どうだっただろう。

不意に過《よ》ぎった考えを、静はすぐに振り払う。

誰かに頼る必要はない。自分でやるのだ。不利な条件だろうが、思う存分力を振るえなかろうが関係ない。勝つ。それだけが静の目的だ。

「あの入り口から侵入します。加澄さん、佐渡原さんはわたくしの後ろから離れないようにしてくださいませ」

「わ、わかりました」

舞が緊張気味に頷く。一方の加澄はどこか不機嫌そうだった。

「加澄さん……？　どうかなさいましたか？」

「……なんでもない。行こう」

砦の中は思った以上にがらんとしていた。そして無残なまでに荒れ果てていた。

天井や壁はあちこちはがれ落ち、階段の手すりには刀傷だらけ。血痕《けっこん》こそないものの、ついさっきまでここで激しい戦闘が行われていたようだった。

始祖の書が創り出す世界は魔女の記憶。これも始祖たる十三人の誰かが体験した光景なのだろう。そうやって静がつい別のことを考えていたのが仇《あだ》となった。

「静！」

鋭い声と共に静は有子に突き飛ばされた。

直後、静の立っていた場所に真鍮《しんちゅう》の重たいシャンデリアが落ちてきた。間一髪《かんいっぱつ》だった。

「加澄さん、ありがとうございます……」

お礼を言おうとしたが、有子の姿がない。同じように舞も消えていた。

まさか、シャンデリアの下敷きになったのかと慌てて振り返るも、今度は落ちてきたはずのシャンデリアすら跡形もなく消えていた。

「どうなってますの……？」

静は狐《きつね》につままれた気分で、呆然と立ち尽くしていた。

加澄有子は、自分が長い通路の途中にたった一人で立っていることに気づいた。

確か、砦に入ってすぐ静が「右の部屋を確認して」と有子に指示したことは覚えている。言われた通り、部屋を確認して、戻ってきたら静はもういなかった。同じように左の部屋を確認しに行った舞も消えていた。有子はすぐに元来た道を引き返して……気づけばこの細い通路にいた。さらには自分が通路のどちらから来たのかもわからなくなっていた。

間違いない。誰かが有子たちに魔法を使ったのだ。

はやく静のところへ戻らなければならない。有子はひどく焦っていた。

「おっと、この先には行かせないっすよ」

有子の焦りをあざ笑うかのように、そいつは立ちふさがった。

羽根飾りのついたつば広の帽子に、膝《ひざ》まであるロングブーツ。そして真っ赤な短衣。腰に刺突剣《レイピア》を提《さ》げているものの騎士というよりは道化師のように見える。

「困惑《こんわく》してるっすね。驚愕《きょうがく》してるっすね。そいつはぼくの魔法『嘘も方便』の効果っす。ま、相手に嘘を吹き込むっていうケチな代物《しろもの》っすよ。効果時間は短いし、嘘の内容も本当に些細《ささい》なものだけなんすけどね。ま、その代わりなかなか気づかないのがこいつの良いところで」

唐突に有子の記憶がクリアになる。そうだ。静は「右の部屋へ行け」なんて言ってない。ぜんぶ、自分が信じ込まされた嘘だったのだ。

「あんたのことしばらく足止めしろって姐《あね》さんに言われてるんすよねー。でも、まともにやり合ったら勝てない。ま、自分の実力くらいは理解してるつもりっす。……というわけで、ぼくは自分に嘘をつくことにします」

そう言うと、真っ赤な道化は片手で顔を覆い、なにかをブツブツと呟きはじめる。

「っ！」

なにかするつもりだ。直感的に悟った有子は腰の針の刀を抜いて突撃した。

だが、ほんのわずかに遅かった。

真っ直ぐシャルルの身体を貫《つらぬ》くはずだったその一撃は抜き放たれたレイピアによって紙一重《かみひとえ》でそらされていた。

「迷いなき一撃は見事！　だが、それゆえに読みやすい！」

シャルルの口調は、すっかり変わっていた。おまけに顔つきもまるで別人だ。

有子は先ほどの言葉を思い出していた。自分に嘘をつく。たとえば、「自分は目の前の相手にも負けない剣士だ」そう自分に嘘をついたとしたら。

「我が名はシャルル・ジョバーニ。『原書』『長靴を履いた猫』のメドヘンにして最強最速の剣士である！　いざ、尋常《じんじょう》に勝負！」

自信に満ちた言葉で告げると、シャルルはレイピアを構えた。


静は砦の上階へと続く階段を登っていた。

有子たちを探すことも考えたが、悠長《ゆうちょう》に探していれば今度は静自身が不意を突かれかねない。

——許してください二人とも。今は、勝つためにすべきことをします。

かすかな罪悪感に胸を痛めながら、まずは上を目指すことにした。

階段を上がりきると、そこは大広間のようになっていた。

そして大広間の最奥、おそらくこの砦の主《ぬし》が座っていたであろう場所にカザンの姿があった。

「待ちくたびれたぜ、静」

玉座にしては簡素な椅子の上から静を見おろして不敵に笑う。

カザンの隣にはさっき出くわした鼠使いもいた。

そして彼女の足下には——

「佐渡原さん！」

舞が床に倒れていた。ブーフ・ヒュレに大きな破損はないが、気絶でもしているのか、ぴくりともしない。

「人質でもとったおつもりですか」

「そんな気はねぇさ。いざとなったら、テメェはそいつごとアタシらをヤっちまうだろ？」

カザンは顎《あご》でしゃくるように、舞のことを示す。

だったら、なんのために。そう思った時、静は背後に気配を感じて振り返る。

群れになったネズミが津波のように静に襲いかかろうとしていた。

「不意打ちのつもりですか！　『火鼠の皮衣』！」

真っ赤に燃えさかる衣が、一瞬でネズミたちを消し炭に変える。振り返ると、今度は無数の大砲が静を狙っていた。

「用意……〝一斉射撃《サルボー》〟」

鼠使いの号令を受けると、ネズミたちが器用にも大砲に一斉点火する。

玉座の間に轟音が鳴り響いた。

静は『火鼠の皮衣』で自らを覆うと魔力を込めた。表面の炎がその温度を急激に高め、赤から黄色、そして白へと変化していく。砲弾は高温の炎に溶かされ静の身体に到達する前に蒸発して消えていった。

「こんなもの、ですか？」

砲撃された後も静は悠然と立っていた。

「くっ……！」

鼠使いが静にラッパ銃を向ける。それをカザンが制止した。

「やめとけモリー。銃なんかじゃ静はヤれねぇよ」

「……わかった」

鼠使いモリーは銃を下ろした。同時に、銃や大砲が彼女の影の中に沈むように消えていった。

なるほどそれが彼女の魔法なのかと、胸のうちで納得しながら自らも『火鼠の皮衣』を解除する。

「さすが現存する最古の『原書』『かぐや姫』。どの魔法をとっても破格の威力だ。それだけの力があれば一人でも勝ち進めるかもしれねぇ」

カザンの話を聞きながら、静は状況を分析していた。

一対一なら静の戦闘力は圧倒的だ。勝利条件の一つである「玉座の間に辿り着く」を達成した今、すぐにでもこの砦を吹き飛ばすこともできる。舞がいなければ、だが。

「どうした？　来ねぇのか。……ん、そうか。仲間に遠慮してんのか。なら――」

立ち上がったカザンは舞のところまで歩いていくと、おもむろに刀を振り下ろす。

「あっ……がっ……！」

背中から刀で貫かれた舞が身体をのけぞらせて苦悶《くもん》の声をあげた。

「佐渡原さん！　……カザンさん、あなた、なんてことを！」

「心配すんな。手加減はしてる。が、これで一人退場だ」

カザンが刀を引き抜くと舞のブーフ・ヒュレが砕け散った。むき出しになった舞の背中にさきほど刺された傷はない。すべてのダメージをブーフ・ヒュレが引き受けたのだ。

ブーフ・ヒュレを失い意識をなくした舞の身体が光になって消えていく。

この世界が舞を〝戦闘不能〟と判断して外へ転移させたのだ。舞は無事だ。だがまったく痛みがないわけではない。

静は安堵するとともに、ふつふつと怒りがわいてくるのを感じていた。

あんなやり方をしなくとも、退場させるだけならいくらでも方法があったはずだ。

「どうだ？　これでオマエにとって邪魔な仲間はいなくなったぜ」

「ッ!?」

カザンの言葉に静の心がざわめく。

「ずっと思ってたんだろ？　仲間なんて足手まといだって。一人なら本気でやれるのに、どうしてヘクセンナハトは三人以上じゃないといけないんだって」

「………さい」

「オマエは最初から仲間なんてあてにしてないし、いないほうがいいと思ってる。今頃、もう一人はどうなってるかって少しでも心配したか？　してねぇだろ。勝つためには自分が先に進まないと、とかなんとか言い訳して置いてきたんだろ？」

「おだまりなさい！」

静が叫んだ途端、身体から魔力が圧力となって噴き出した。

足下から広がった『蓬萊の玉の枝』が床や壁をあっという間に浸食していく。

「やべぇな、こりゃ……！」

枝葉はどんどん増殖していき玉座の間を内側から破壊していった。

今や静の姿は生《お》い茂る枝に包まれて見えなくなっている。

「モリー！　脱出するぞ！」

恐るべき勢いで体積を増やす枝葉から逃れ、カザンとモリーは窓から外に向かって飛び出す。

着地して振り返ったカザンが目《ま》の当たりにしたのは、巨大な砦の崩壊していく光景だった。

瓦礫《がれき》となった砦の中から巨大な何かがゆっくりと姿を現そうとしていた。

「出やがったな……」

カザンは冷や汗を浮かべながらそれを睨みつける。

ひとことで言えば、それは巨大な円盤だった。

もう少し別の言い方をすれば、幾重《いくえ》もの花びらを持った大輪の花。

固有魔法――『月の船』

『蓬萊の玉の枝』が船の骨組みを作り上げ『火鼠の皮衣』は船殻《せんこく》とエンジンを、そして『五色《ごしき》の龍』が主砲となる。静が持つ三つの魔法を一つに合わせた最終形態だった。

ゆっくりと浮上していく『月の船』の中央には、静が鎮座《ちんざ》していた。

「静！」

瓦礫となった砦の上に有子がいた。ブーフ・ヒュレは破損だらけだったが無事な様子だった。足下に転がっているのは相手チームの人間だろう。こちらもずいぶんダメージを負っているように見えたが退場になってないところを見ると単に気絶しているだけだろう。

――よかった。無事でしたのね。

ホッと安堵すると同時に、静の思考は速《すみ》やかに次の行動を選択する。

すなわち、残る敵の殲滅。

『月の船』の花弁が開き無数の宝玉――発射口がむき出しになる。

「うっ……！」

有子が慌てて『打出の小槌』で自分の周りに壁を作り出す。勢いあまって敵まで覆ってしまっていたが、それを気にしている余裕もなかった。

「ごきげんよう、カザンさん」

静が冷たく言い放つと宝玉から一斉に光線が発射された。

雨のように降り注ぐ光線が大地を、砦だったものを蹂躙《じゅうりん》し、辺り一面を焼き尽くしていく。

──終わった。

後悔と脱力感に襲われながら静はふっと息を吐く。

カザンの挑発にのせられて、こんなところで奥の手を使ってしまったのは誤算だった。

だが最終予選には勝った。ひとまずはそのことを喜ぼう。

「あーあー、めちゃくちゃしやがる」

「っ⁉」

その時、瓦礫の中からカザンが姿を見せた。ほとんど傷らしい傷を負った様子もない。

「そんな……まさか……！」

よく見れば、瓦礫と思っていたのはすべて焼け焦《こ》げたネズミたちだった。

どうやらネズミたちが肉の壁となってカザンたちに覆い被さり守ったらしい。

「オマエらのおかげで助かった。迷わず成仏《じょうぶつ》してくれよ」

カザンがネズミたちに手を合わせる様子を、静は苦々しい顔で見おろす。

自分が間違っていた。カザンは強敵だ。

最高の敬意と全力の攻撃をもってその事実を受け入れなければならない。

「今度こそ、全力であなたを排除しますわ！」

『月の船』がふたたび変形を開始する。花弁が開き、そこから『五色《ごしき》の龍』が姿を現す。

龍は長い胴体を絡ませながら伸びていき、やがて一つの巨大な砲身を作り出す。

そこに、静は持てるすべての魔力を注ぎ込んでいく。

「〝龍顎砲《りゆうがほう》〟」

その瞬間、龍が吠《ほ》えた。

暴力的なエネルギーの奔流《ほんりゆう》が砲身から放たれる。

避けることも受け止めることもできない力の奔流がカザンを飲み込もうと迫る。

その圧倒的な絶望を前にカザンは――笑った。

「待ってたぜ、こいつを！」

＊

観客席で試合の様子を見ていた各校のリーダーたちも、呆然と戦場の様子を見ていた。

「なにが起こったの……」

中国校のリーダー、李雪梅《リ・シュエメイ》が誰に問うでもなく呟いた。

静の〝龍顎砲〟は確かにカザンを飲み込んだ。

一瞬のホワイトアウトの後、そこには崩壊する『月の船』と弾き出された静の姿があった。

事態はいまだ判別がつかない。だが、カザンが何かやったことだけは確かだった。

「こんな奥の手を隠してたなんて……やってくれるわねカザンちゃん」

見事に自分を欺《あざむ》いたカザンに対して、リン・デイヴスは密かに舌打ちをした。

＊

「確かにいただいたぜ、オマエの魔法」

カザンのもとに『五色の龍』がいた。

「魔法を奪う魔法。こいつがアタシの固有魔法『大泥棒』だ」

「そんな……バカな……」

目の前の現実を受け入れられず、静は呻《うめ》く。だが、確かに身体からゴッソリと何かが抜け落ちたような感覚があった。

「アタシの『大泥棒』には面倒な条件があってな。まず、奪い取るには一度でも自分の身体でその魔法を受けておくこと。そんなわけで、どうしてもオマエに本気を出してもらう必要があった。それからもう一つ、相手の大事なとこまで入り込む抜け道を作らなきゃならねえ」

「抜け道……」

「アタシはこの日本校でずっとオマエの近くにいた。アタシに心を許すようになるまでじっくりと時間をかけて準備した。だが、土御門静は心も鉄壁だった。孤高で孤独で、だからこそ最強だった。さすがにもうダメかと思い始めてた時……アイツが現れた。アタシが散々苦労したってのに鍵村葉月はあっという間にオマエの心に入り込んでいった。まったくバカなのか空気が読めねぇだけなのか、それこそ合い鍵でも持ってたみてぇにあっさりと土御門静の鉄壁の心を開いてくれたよ。あとは簡単だ。鍵村葉月を痛めつけてやればおまえは動揺し、心に隙が生まれる。オマエがアイツを追放した瞬間に『大泥棒』は発動してたんだよ」

静はようやく理解した。カザンが狙っていたのは葉月ではなく自分だったことを。

漂っていた『五色の龍』が一斉にカザンの中に吸い込まれていく。

それに合わせて、カザンのブーフ・ヒュレも変化する。

「ずっとこの力が欲しかった。アタシの前に立ちふさがるものをすべて破壊する力が」

カザンは手に入れた力を確かめるように己《おのれ》の手を見つめる。

「だが、まだ足りねぇ……」

するとカザンは魔法を奪われた反動で動けない静にその手を伸ばす。

「悪いが、残りもいただくぜ」

「ッ⁉」

静は半ば本能的に『火鼠の皮衣』で反撃する。それは間違いだった。

カザンの右手は炎を鷲掴《わしづか》みにすると、あっさりと静から引きはがしてしまう。

「ああっ！」

魂の一部を削《けず》り取られたような喪失感《そうしつ》に静が悲鳴をあげる。

「あとひとつの方は、さっき喰らったからな」

カザンはさらに苦痛にのけぞる静の身体に右手を突き込んだ。

〝ぞぶり〟とカザンの手が静の中に侵入した。

「あッ、ひぅ……ぐッ……!?」

内側からまさぐられる度に、静の身体が痙攣《けいれん》し、口からは喘《あえ》ぎ声が漏《も》れる。

「静！」

「おっと、邪魔はさせない」

駆け寄ろうとする有子の前にシャルルが立ちふさがった。気絶していたのも嘘だったのだろう。有子は不意を突かれて地面に叩きつけられる。

仲間が近づくことすらできず見守る中、静は何度も悶《もだ》えのたうちまわった。

そうしてついに、カザンのもとに三つの魔法がすべて揃った。

静の魔法をすべて奪い、取り込んだカザンの姿はすっかり変わっていた。

大刀には龍が絡みつき、銀の鎧《よろい》には無数の宝玉が煌《きら》めく。背中のマントはまるで炎そのもののように赤く揺らめいていた。

「ふむ……」

カザンは無造作に刀を振るう。

〝ゴウッ！〟

カザンの一撃で残っていた城壁が真っ二つになる。遅れてやってきた衝撃波ですら、凄《すさ》まじい威力で瓦礫を吹き飛ばした。

「ははっ……すげぇ力だ。この力があれば、アタシは誰にも負けない。もう奪わせねぇ、今度はアタシが奪う番だ！」

その時、カザンの足を摑む手があった。

「かえし……て……わたくしの……」

静は弱々しく、それでも奪われたものを取り戻そうと手を伸ばす。

カザンはなんの感情もこもらない瞳で静を見おろす。そして無造作にその手を振り払った。

静は泣いた。魔法を奪われた自分のなんと無力なことか。魔法使いの名門、土御門家という冠《かんむり》がなくなれば自分には何もない。土御門ではない、ただの静として名前を呼んでくれる人などきっともうどこにも――

誰もが日本校の敗北を確信した。

有子でさえも、諦《あきら》めと絶望に膝をついた。

だがその時――

「うひょあああああああああああっ！」

あまりにも場違いで間抜けな悲鳴と共に、その少女は降ってきた。

＊

「うひょあああああああああああっ！」

落ちる！　落ちる！

中に入れたのは良かったけど、いきなり落っこちるとは聞いていない。

「ていうか、この高さはちょっとマズいんじゃないでしょうか⁉」

言ってる間にも、地面は圧倒的なスピードで眼前へと迫ってくる。

「ひあああああああい……ぶべっ」

べちゃり、と私は地面に激突した。

かなり痛かったけど、なぜだか死んではいないし骨も折れていなかった。

最後の瞬間、身体が急に減速したような気がする。もしかして、学園長さんが魔法で助けてくれたのだろうか？

って、そういうのは後にしよう。

早く静ちゃんのところへ行かないと……。

そう思って立ち上がった私の目の前に、鬼がいた。

「うひゃあお⁉」

私は悲鳴をあげて飛び退《の》く。

「テメェ……なんでここにいやがる」

よく見れば鬼ではなくカザンさんだった。でも、鬼の形相《ぎょうそう》で私を睨みつけてくる。

「葉月さん……どうして……」

飛び退いた先に、今度は静ちゃんがいた。

「静ちゃん⁉　ど、どど、どうしたの⁉　ボロボロだよ⁉」

って、そうか。今は戦ってる真っ最中なんだった。

でも、ということは静ちゃんはカザンさんに負けちゃったってこと……？

ああ、もうわかんない！　でも！

「わ、私……静ちゃんに大事な話があって来たの！」

＊

突如《とつじょ》、乱入してきた少女に老魔女たちは騒然となっていた。

「なんだあの娘は！」

「神聖な宴《うたげ》を台無しにしおって！」

「今すぐつまみ出せ！」

「しかし、あそこには事前に登録されたメドヘン以外入れないはずでは⁉」

「ええい、誰かあの娘は何者か教えろ！」

「彼女は鍵村葉月、『シンデレラ』のメドヘン……だった娘ですよ」

大騒ぎする老人たちに学園長はいつもと変わらぬ調子で答えた。

「メドヘン……だった、だと？」

「契約を解除したのに、どうしてあそこに入れる！」

「さあ？　私にもとんとわかりません。……やや！　これは大変だ。日本校のメンバーに鍵村葉月の名前が残ったままだったー」

「な、なにいいいいいい！」

学園長がわざとらしくすっとぼけると、顔を真っ赤にした老人たちは絶叫して取り巻きたちに檄《げき》を飛ばし、この事態の収拾を命じるがメドヘン以外には入れないのだから手の出しようもなかった。中には他校のメドヘンたちになんとかさせようと言いだす者までいた。

学園長はそんな狂乱の光景をただ楽しげに眺めるのだった。

＊

「テメェ、今さらなにしに来やがった」

カザンさんは苛立《いらだ》ちもあらわに繰り返す。

気圧《けお》されちゃダメだ。だって私はもう逃げないって決めたんだから。

「わ、私も日本校のメンバーです！　……たぶん、まだ」

「なんだと……」

カザンさんはこめかみを押さえた。

「テメェはメドヘンに向いてねぇ。あれほど言ってもわからねぇのか」

「うう……」

カザンさんがギロリと睨む。

「いいか、メドヘンってのはな、『原書』に取り憑《つ》かれてんだよ。『原書』が望む通りの欲望や不幸を食わせてやって、その代わりに魔法の力をもらう。だから『酒呑童子《しゅてんどうじ》』のメドヘンであるあたしは欲望のままに盗み、奪うんだ」

カザンさんは、強く拳《こぶし》を握りしめながら言った。

メドヘンは物語の登場人物みたいにならなきゃいけないってこと？

じゃあ、静ちゃんも？

かぐや姫みたいに、いつか月に帰ることがわかっているから、誰も好きにならず誰とも親しくしない、そんなふうに孤独に生きなきゃいけないの？　そんなの――

「そんなのおかしいよ！」

私は言った。言ってやった。

「だって、カザンさんはカザンさん、静ちゃんは静ちゃんでしょう？　なんで本の通りにしなくちゃいけないの？」

そうだよ。おねえちゃんだって言っていた。

本に書いてあるのは、書いてあることだけ。私のことなんて一つも書いてないって。

「私はシンデレラみたいに可愛くないし、王子様にもそんなに興味ない。だいたい私のおかあさんとおねえちゃんはちっともイジワルなんかじゃないんだから！」

思えば私は、シンデレラのお話にずっと納得がいかなかった。

どうして王子様はシンデレラに恋をしたの？

シンデレラも相手が本当に王子様で良かったの？

だいたい、十二時でとけちゃう魔法なんてサービスが悪いにもほどがある。

「だからね、私がシンデレラのお話を作るなら――」


シンデレラは言いました。

王子様、楽しい時間をありがとう。でも私は帰ります。

だって優しいおかあさんとおねえさん、それからステキなお友達が待っているんですもの。

シンデレラは走り出しました。

王子様がいくら呼んでもシンデレラは振り向きませんでした。


「うん、できた！　これが私の物語、私の『シンデレラ』！」

我ながら会心の出来映《ば》えだ。

そうやって私が自己満足にひたっていたのも束《つか》の間《ま》、

「『原書』の内容にケチつけるとはな。老人どもが泡ふいてるだろうぜ」

カザンさんはゆっくりと近づいてくると、私にその大きな刀を突きつけて言った。

「テメェの戯《ざ》れ言《ごと》に付き合うのも終わりだ。そんなに自分で決めたきゃ選ばせてやるよ。今すぐそこをどけば、アタシは静を斬《き》る。どかないなら、テメェを斬る」

頬の間近で刀の切っ先がギラリと光る。

「やだ……どかない」

「……じゃあお望み通り、テメェからたたっ切ってやるよ」

「そ、それもやだ！」

「ハァ⁉　テメェ、いい加減に——」

「だって、私は戦いに来たんじゃない！　私はただ、静ちゃんに話したいことが、どうしても聞いてほしいことがあって……だから、だから……会いに来たの！」

私は両手をいっぱいに広げてカザンさんの前に立ちはだかる。

やぶれかぶれだった。

弱い私にカザンさんを止めることはできない。

でも今、私はここに立っている。

それは間違いなく私が私の意思で選んだことだ。

「もういい、もう飽《あ》き飽きだ。さっさと消えてくれ」

そう言うとカザンさんは無造作に刀を振り上げる。

私は思わずギュッと目をつむった。

〝ガキン！〟

「なっ⁉」

金属のぶつかる音。

そしてカザンさんの驚いた声。

私はおそるおそる目をあける。

そこに一冊の本が――『シンデレラ』が、カザンさんの刀から私を守っていた。

「なぜだ⁉　契約は破棄したんじゃなかったのか⁉」

驚き、慌てて離れるカザンさん。

でも私はカザンさんより『シンデレラ』のことが気になっていた。

「どうしたの……こんなにがんじがらめになって……」

ひどい。本を、物語をこんなふうに閉じ込めるなんて。

「あのね、私は私の物語を見つけたの。だからシンデレラにはなれない。もし、それでもいいなら、もう一度、私と――」

すると『シンデレラ』を縛っていた鎖が固い音を立てて砕け落ちた。

『シンデレラ』がゆっくりとその表紙を開く。

そして宙に浮かんだまま、ものすごい勢いでページがめくれていく。

書かれた文字がほどけるように消えていき、代わりにあらたな物語が書き記されていった。

「これって、私の……そっか、うん、ありがとう。じゃあ、一緒に創ろう。新しい物語を、誰も傷つけない、不幸にさせない、とびっきり優しい結末を！」

そうだ。新しい物語には新しいタイトルが必要だ。

私の、私だけの物語。そのタイトルは――

『シンデレラは振り向かない』

想いが、言葉が、自然と呪文になった。

『原書』は光の粒子に変わり、妖精のように私の周りをめぐると、お母さんのドレスに吸い込まれていった。

走ってくる最中にひっかけたかぎ裂きはちょっとだけ大胆なスリットに変わり、少しダブついていた胸元には花のコサージュが生まれた。腰のところにはリボンと大きな花がついて、私には少し大人っぽかったのがずっと可愛らしいデザインになった。

全部を変えてしまう必要はないけれど、思い出にしがみついていてもいけない。

私がシンデレラではないように、私とお母さんも同じじゃない。

だからこれが私のドレス《ブーフ・ヒュレ》なんだ。

ブーフ・ヒュレを身に纏《まと》った私は、静ちゃんをかばうようにカザンさんの前に立つ。

戦うのは怖いけど、嫌なことから逃げてばかりじゃダメだから。

「なんなんだテメェは、わけわかんねぇ……いつもいつもアタシをイラつかせる」

カザンさんは敵意剝《む》き出しの顔で私を見据えると、刀を構えた。

あの刀から静ちゃんを守らなきゃ。

でも、どうやって？

私も剣を出す？　それとも盾《たて》を構える？

――ううん、そうじゃない。

「喰らえよ……〝雷斬《らいきり》〟！」

カザンさんの刀から放たれた雷が龍のかたちになって襲いかかる。

大事な人を守る、私のイメージ、私の魔法、それは――

「〝お城！〟」

「なぁっ⁉」

雷の龍は、そびえ立つような大きくて真っ白なお城にぶつかって弾けて消えてしまう。

それは、私が小さな頃からずっと空想し続けた雲の上に浮かぶお城だ。

高い空の上で王様やそこに暮らす住人たちを守るお城なんだから雷なんかへっちゃらに決まっている。なんだか空想してた頃よりゴシック建築っぽくなっているのは、シンデレラ城の影響をうけているからだろうか。

「ふざけやがって！　なら、こいつはどうだ！」

今度は、真っ赤なマントから炎の嵐が吹き荒れた。

だけど大丈夫。お城の下には空を飛ぶためのタービンエンジンがついている。という設定だ。

「くそったれ！」

お城の下から噴き出した暴風が炎をかき消した。

カザンさんも吹き飛ばされないよう地面に刀を突き立てて必死に耐えていた。

「ぐぅ、こんなもの……⁉」

そろそろこっちの反撃の番だ。……って言っても、私には剣を振るったり、ビームを発射したりっていうのはどうにも想像ができなかった。

うーん……だったら戦えなくしてしまえばいい。

イメージはそう……お城の舞踏会。

ダンスを踊れば両手が塞《ふさ》がって刀を振るうどころじゃなくなるはず。

私がイメージすると、どこからともなく優雅なメロディが聞こえはじめる。

そしてお城の門が開いて中から紳士淑女《しゅくじょ》たちがくるくると回りながら出てきた。

ダンス初心者の私のイメージではみんなパペットみたいなかっくんかっくんの動きだけど。

「ちくしょう！　どけ！　くそ！」

カザンさんが押しのけても押しのけても、パペットたちは次から次へダンスに誘う。

このまま戦意喪失してくれないだろうかと期待していたけど、それはさすがに甘かった。

「ふざけんじゃねえええええっ！」

カザンさんの身体からものすごい雷が迸《ほとばし》った。

「きゃああっ！」

龍のかたちをした五色の雷撃はパペットたちを、そして私のお城をもなぎ払ってしまう。

「こんなものが魔法だと……バカにするな……魔法ってのは、もっと……」

カザンさんの様子がおかしい。なんだか凄く苦しそう。

「ぐあっ……！」

突然、カザンさんの右手が跳ね上がった。

「ちくしょう……！　とまれっ！　このっ！」

右手はまるで別の生き物みたいにのたうち、握った刀からめちゃくちゃに電撃を放つ。

「カザンさん！　今すぐわたくしの魔法を返しなさい！　さもないと、あなたの身体がもちませんわ！」

静ちゃんが叫ぶ。カザンさんの身体は容量オーバーを起こしたみたいに内側から傷つけられていく。

「うるせぇ！　黙れ！　こいつはアタシのだ……アタシが、手に入れたんだ……があっ⁉」

今度はマントがふくれ上がって炎をまき散らしはじめた。おまけに胸についた宝玉にはどんどんヒビが入っていく。どう見たって大丈夫じゃない。

「姐《あね》さん……！　やばいっすよ！　ぜったいやばいっす！」

「カザン、もうやめて……！」

仲間のシャルルさんとモリーさんが呼びかける。駆け寄ろうと前に出る。だけど、ものすごい電撃と炎の嵐に阻《はば》まれて近づくこともできない。

「手に入れるんだ……帰る場所を……アイツらを、守るんだ……」

カザンさんからはどんどん魔法の力が流れ出てしまっている。それがぜんぶ雷や炎になって何もかもを壊していく。誰も、なにもできない。世界と一緒にカザンさんが壊れていくのをただ見守ることしかできなかった。

するとと、ボロボロな静ちゃんが立ち上がる。

「あれはわたくしの魔法です。わたくしがカザンさんを止めなければ」

静ちゃんは足を引きずりながらカザンさんのもとへ歩いていく。

「待って。静が行くなら、あたしも」

今度は加澄さんが静ちゃんの後を追った。

「よし、イチかバチか姐さんを助けるぞ！」

「うん……カザンを守る」

なんだろう、これ。

やりたいことは同じなのに、みんなちぐはぐでバラバラだ。

カザンさんだって、そんなにまでして欲しいものってなに？　それは、こんなふうに大事な仲間を泣かせてまでも必要なものなの？

ああ……でも、私はこんな状況をよく知っている。

お互いに思いやっているのに、嚙み合わなくて伝わらない。

ちゃんと口に出さないからすれ違うんだ。私と新しい家族がそうだったように。

だけど、思っていることを口に出すのは簡単なようで難しいということも私は知っている。

――だったら全部伝わるようになればいい。

そういう魔法を創ればいいんだ。

だって物語にはその力があるんだから！

「繊細な心、不器用な気持ち、全部透明になって伝わるように……」

そう、だからこの魔法の名前は——

「〝ガラスの心《グラスハート》〟」

伝えたいこと、わかってほしい気持ち、あの人に……ううん、もっと、ずっと遠くまで
……！

私はめいっぱい気持ちを込めて魔法を解き放つ。

それは透明な風のように、この世界いっぱいに広がっていった。

＊

プロムの会場は最後のチークタイムを迎えていた。

曲はスローテンポのムーディーなものにかわり、カップルは身体を寄せ合ってダンスを踊る。

パーティは最高潮を迎えようとしていたにもかかわらず、美沙はたった一人パーティ会場を出て足早に講堂裏へと向かっていた。生徒たちが数名そこでお酒を飲んでいるという報告があったからだ。

なにせ教師や親の監視の目がない卒業パーティということもあって、みんなハメを外しまくっている。なにか起きる度に実行委員の美沙と元生徒会役員の王寺がもみ消しや対処に駆り出

されるのだ。おかげで、パーティがはじまってからほとんど王寺と会えていない。

――こんなことなら実行委員なんてするんじゃなかった！

美沙は叫びたいのをグッとこらえて唇を噛む。

この苛立《いらだ》ちを不埒《ふらち》な連中にぶつけてやろうと勢い込んで講堂裏に乗り込んだ。

だが、辿り着いた時にはもうそこには誰もいなかった。

残っている空いた酒瓶を見た途端に、美沙は全身の力が抜けてしまう。

「もう……なんでよ……」

せっかくのパーティなのに、どうして自分はこんな寂しい場所で一人きりなのだ。

この日のために選びに選びぬいたドレス。着るために必死にダイエットもした。髪だって朝から美容院に行って二時間かけて整えたのだ。

すべては、あの人に見せたかったからだ。

気の利《き》いた褒《ほ》め言葉なんて無理だろうけど、せめて気合いの入ったこの姿を見せつけてどぎまぎさせてやりたかった。

いや……そんなことはどうでもいい。ただ一緒に踊りたかった。それだけで充分だった。

その時、風が吹いた。

「美沙さん……？」

美沙はハッとなって顔をあげた。そこに彼がいた。

「どうして……」

「いや、自分でもよくわからないんだけど、きみが呼んでるような気がして」

これは奇跡だろうか。それともただの偶然？

そうじゃない。彼も私のことずっと探してたんだ。

今日のために必死にダンスの動画を見てひとりで練習したりもしていた。

それを母親に見つかって、ずいぶん恥ずかしい思いもした。

それでも、私にカッコいいところを見せたくてがんばったのだ。

――って、どうしてそんなことがわかるんだろう。

おまけに、あの危なっかしい妹のことが脳裏を過ぎる。

とてもおかしな気分だ。

「戻ったらまた働かされるんだろうなぁ……」

彼は溜息をつくと、美沙に向かって手を差し出した。

「こんな場所だけど、踊ってくれますか？」

「……はい」

＊

冴子はひとりで留守番をしながら二人の娘のことを考えていた。

今頃、それぞれにクリスマスの夜を楽しんでいる頃だろうか。

子供の成長は早いとよく言うが、二人して好きな相手のところへ真っ先に駆けていくとは親としては少し寂しいものがある。

それに、せっかくのクリスマスなのに自分だけひとりというのは不公平じゃないか。

せめて電話くらいかけてきてくれてもいいだろう。

そう心の中で悪態をついた時、

「え……」

風が通り抜けた。

すぐに携帯電話が鳴りだす。相手は今まさに悪態をついた相手だった。

冴子は一度深呼吸してから電話に出た。まるで初恋の頃みたいに緊張していた。

「メリークリスマス」

遠く海の向こうにいる夫に冴子は声をかけた。

＊

私の頭の中に誰かの記憶が流れ込んでくる。

それは、どこか外国の光景だった。廃墟のような建物の中で、ひとりの女の子が座っていた。

灰色の髪をした私とそう歳の変わらない子だ。でも、瞳だけはひどく疲れ果てていた。

腕の中には彼女には不釣り合いの黒くて大きな銃を抱え込んでいる。弾はとっくになくなっていて、今はもうただの鉄の棒でしかないけれど手放すことができない。だって、女の子にはそれしかなかったから。

遠くに爆発音や銃声を聞きながら、女の子は最後の瞬間を待っていた。

だけど、いつまで経《た》ってもそれは訪れなかった。代わりに聞こえてきたのは――

『なんだ、オマエひとりか』

真っ赤な髪に大きな刀を担《かつ》いだ――カザンさんが女の子を見おろしていた。

不思議な格好をしたカザンさんに、女の子は戸惑《とまど》っていた。

『オマエ、名前は？』

女の子は「モリー」と答えた。

『なあ、モリー、アタシと一緒に行くか？』

女の子――モリーさんは少し躊躇《ためら》いながらの差し伸べられた手をとる。

その手は銃なんかよりもずっと温かかった。

そうしてまた、私の意識は吸い寄せられるように別の場所へ向かう。

今度もまたどこか別の国みたいだった。

狭くてゴミだらけの路地を歩いているのはカザンさんだ。

カザンさんは急に立ち止まると、後ろをついてくる少年みたいな女の子に声をかける。

『ったく、食い物ならもうねぇって言っただろうが。いつまでついてくる気だ』

『もちろん一生っすよ、姐さん！』

女の子はニカッと笑って言った。

『だからその姐さんっての、やめろっつってるだろ！』

その後も女の子はずっとカザンさんの後をついてきた。一日経っても一年経っても。ついてくるな。どっか行け。そう悪態をつきながらも、カザンさんはいつだって後ろを気にしながら歩いていた。

やがて、そこにモリーさんが加わって三人になった。

そうなってもやっぱりカザンさんは後ろを気にしていた。

二人がお腹を空かせていないか、ケガをしていないか、いなくなったりしてないか——と。

だから、居場所が必要だった。

どこにいても、バラバラになっても、三人が帰ってこられる場所が。

ああ、そうか……これはカザンさんの記憶であり、想いなんだ。

だけど、カザンさんは大事なことをわかっていない。

二人はいなくなったりしない。だって、いつだってカザンさんの後ろが二人にとって本当の帰る場所なんだから。

伝えなきゃ。届けなきゃ。私の魔法で——

「なんだ、こりゃ……」

カザンさんは、胸のところを押さえてうずくまった。

「ちくしょう……なんだこれ……胸が苦しい……！」

――帰りたい。帰る場所がほしい。

――ずっとアイツらと一緒にいたい。

カザンさんの本当の気持ちが聞こえてくる。

それは私だけじゃなく、仲間のモリーさんやシャルルさんにも伝わっているはずだ。

学園を持たないカザンさんたちは、いつバラバラにされるかわからない。

カザンさんはそれがずっと怖かったんだ。

それが、カザンさんの本当の気持ち。強くて怖い鬼の女の子のガラスみたいに繊細な心。

「姐さん、うちら……うちら……」

「カザン……ごめん。わたしたちが弱いから……」

「やめろ、悪いのはアタシだ……わかってた。帰る場所なんてどこでもいい。オマエらさえいてくれりゃ、アタシは……！」

カザンさんの片目から涙が零《こぼ》れた。

それをきっかけに、カザンさんの中から、奪った静ちゃんの魔法が抜けていく。そしてブーフ・ヒュレもゆっくりと光の粒子になっていく。

「なんでしょう、この感覚……ひどく穏やかで落ち着いていて、さっきまで戦っていたとは思えないくらいです……それに……」

静ちゃんは、呆然とした様子で加澄さんの方を振り返る。

「加澄さん、あなたは小さい頃からずっとわたくしのことを見守っていてくださったのですね。なのに、私は……」

「もういい。大したことじゃない。だって、幼馴染《おさななじ》みでしょ」

加澄さんは照れくさそうにそっぽを向く。

土御門家に仕《つか》える分家として加澄さんはずっと静ちゃんの側にいた。

交流があったわけじゃない。一緒に遊んだこともない。だけど静ちゃんが笑えば加澄さんも嬉しかった。そんな二人の距離感が、ちょっぴり羨《うらや》ましかった。

「おい、鍵村葉月」

「ひゃいっ⁉　……って、カザンさん？」

カザンさんが仲間の二人に肩を借りて私のところまでやってくる。

「とんでもねぇな。戦う意思もなにもかも丸ごとぜんぶ消しちまうなんてよ」

辺りには砦も何もキレイさっぱり消えていた。カザンさんの刀やモリーさんの銃もシャルルさんの剣もだ。

「これが、オマエの魔法か」

「私はただ、みんなの気持ちがちゃんと伝わればいいなって。そしたら誰も傷つかないし傷つけることもないいんじゃないかって」

「気持ちが伝わる……ね。なるほどな」

するると、カザンさんが急にくっくっくと笑いはじめた。

「いや、だってよ、オマエの頭の中、とんでもないくらいお花畑だったからよ」

「ふえ⁉」

「いやもう、こっちが恥ずかしくなるくらいだったたっす」

「ラブあーんどピース……」

カザンさんばかりでなく、仲間の二人まで私を見てニヤニヤしている。

ど、ど、どうしよう⁉　私、そんなに変なこと考えてた⁉

そうやってパニクる私に向かって、カザンさんがあらためて告げる。

「大したやつだよオマエは。認めるよ。……アタシらの、負けだ」

穏やかな口調でカザンさんは告げた。

その瞬間、世界が真っ白に染まった。

カザンさんたちの姿は消え、そこにいるのは私と静ちゃんと加澄さんだけになる。

「ど、どうなったの……？」

「わたくしたちが勝ったのです」

「静ちゃん……」

「見てください。ああやって、わたくしたちの魔法が世界中に広がっていくのです」

足下からわき上がる白い光。それらがぐんぐんと空に昇っていくのが見える。

これが白の魔法。世界を守る光なんだ。

「葉月さん……ありがとうございます。ぜんぶ、あなたのおかげです」

とってもキレイな光景に我を忘れて見入っていた私に、不意に静ちゃんが言った。

「い、いえ！　そんな、めっそうもないです！」

静ちゃんは私から視線を逸《そ》らすと、

「わたくし、あなたにひどいことを言いましたのに……」

「き、気にしてないから！」

「嘘、ですわね」

「ええっ⁉」

「先ほどのあなたの魔法、まだ効力が消えていないようです。葉月さんの考えてることが微《かす》かに伝わってきます」

うう、なんてことだ。

思ってることが伝わるというのも良いことばかりじゃない。

すると、静ちゃんはクスリと笑う。

「それで、大事なお話ってなんですの？　なにやら落ち着かない気持ちは伝わってきますが、内容までは言葉にしていただかないとわかりませんわ」

思い出した。私は静ちゃんに大事なことを伝えるために来たんだった。

ああ、でもどうしよう。いざとなるとものすごく緊張してきた。

「えっと、そ、それは……」

私は、一度ゴクリと唾《つば》を飲み込んだ。
そして勇気を振り絞って叫ぶのだった。
「は、はじめて会った時から好きでした！　お友達になってください！」
静ちゃんから驚きと恥ずかしいって感情が伝わってくる。
あと、これはなんだろう？　心臓がドキドキと跳ねるような感覚。
私も知らないこの感情はいったいなに？
真っ赤になって硬直する静ちゃんを前に、私は――

エピローグ。あるいは二人のプロローグ

「『原書』を書き換えるなどあってはならぬ！」

老魔女がヒステリックに叫んだ。

あの戦いの後、鍵村葉月《かぎむらはづき》の処遇について十三人の魔女たちの中で議論がかわされていた。

大方の意見は「『原書』を書き換えるなど言語道断！」というものだったが、同時にその力の価値を無視できないという意見も多くあった。

紛糾《ふんきゅう》する会議を傍観《ぼうかん》しながら、学園長はあの時起こったことを思い返す。

鍵村葉月の魔法は、ある意味で非常識極まりないものだった。

戦いたくないから、戦わずに勝つ。

単純にして明解。しかしだからこそ異常である。

おまけに一度は契約を破棄《はき》した『原書』とふたたび契約を結ぶなど、これまた前代未聞《みもん》だ。

「ひとまず、鍵村葉月と『シンデレラ』のことは保留とする。だが、監視は怠《おこた》るな」

議論に議論を重ねて結局は放置という結論にいたると、学園長にそう指示が下された。

「かしこまりました。ですが、ひとつだけ確認したいことがございます」

「なんだ、申してみよ」

「あれはもう『シンデレラ』というタイトルではないようですが、今後の呼び名はいかがいたしますか？」

学園長の質問に、老魔女が言葉を詰まらせる。

「好きにしろ！」

老人たちがゆでだこみたいに真っ赤になるのを見て、学園長は実に満足した気分だった。

＊

たいへんです。

ピンチです。

鍵村葉月、最大の窮地《きゅうち》を迎えております。

本を高々と掲《かか》げて叫ぶ。

「『シンデレラ』！」

だけど、いっこうに変身する気配はなく、私は体操着のままグラウンドに立ち尽くす。

あの戦いの後、私はまた魔法が使えなくなっていた。

正確にはカボチャだけは出せるけど……。

変身はできないし、ホウキには乗れない。結局、最初の頃のままだった。

これじゃ、おかあさんとの約束が……。

戦いが終わった後、私はおかあさんとおねえちゃんにクズノハ女子魔法学園のパンフレットを見せて「転校したい」と告げた。

最初は魔法の学校なんて信じてくれないかと思ったけど、じっくり時間をかけて説得したおかげで二人とも最後には「応援する」と言ってくれた。

お正月にお父さんが帰ってきたら、いっしょに説得してくれるそうだ。

とりあえず、今はまだ体験入学扱いだけど、いずれはこっちに転校してくるつもりだ。

そんな感じで順風満帆《じゅんぷうまんぱん》に見えたのも束《つか》の間《ま》、なぜだか私は魔法使いとして振り出しに戻ってしまっていた。

「うう……なんでぇ……」

私は、がっくりとその場に膝《ひざ》をついた。

「まあ、そう焦《あせ》るなって。一度はできたんだからまたできるさ」

うなだれた私に、カザンさんが言った。

戦いが終わって、いろいろと言いたいことも伝えて、私たちはちょっぴり仲良くなった気がする。カザンさんはこれから仲間たちと協力し合って自分たちの学校を復活させるためにがんばるそうだ。時間はかかっても奪うより創ることにしたのだと、カザンさんはちょっと照れくさそうに語ってくれた。

「それにしても、不思議ですね。『原書』が書き換わるなんて……」

佐渡原《さどはら》さんは不思議そうに『シンデレラ』を見つめた。

「普通は考えもしねぇよな、そんなこと」

「あ、あれはなんというかその場の勢いで……」

ずっと妄想《もうそう》してなかった反動かもしれない。

「あ、もしかして、私が勝手に内容を変えたから『原書』が怒ってるとか⁉」

空気が読めないことには定評のある私ならありえるかもしれない。

「『原書』にそのような感情はないと思いますが……」

そうかなぁ……この子にもそういうの、あると思うんだけど。

私はすっかり変わってしまった『シンデレラ』の気持ちを知りたいと思い、ジッと見つめる。

「あんだけすげぇ魔法を使ったんだ。電池切れでも起こしたんだろうよ。しばらくすりゃ魔力が回復するるさ」

「そ、そうだよね。できるようになるよねっ」

お母さんのドレスも吸い込まれちゃったし、このままはちょっと困る。

「……もう、一生分の魔力を使い切ってたりして」

「はうあっ⁉」

加澄《かすみ》さんが恐ろしいことを言う。

いやいや、そんなことない。ない、よね？

だって、もう一度変身できるようにならないとあの人に声をかけづらいんだ。

「そういや、静《しずか》はどうしたんだ？」

「っ⁉」

その名前に、私は思わずビクッとなった。

「学園長のところです。次の戦いのことで相談があるそうです」

「そうか。アイツにも謝っとこうと思ったんだが……。って、なんでコイツは落ち込んでんだ？」

カザンさんは、体育座りになった私を見おろして言った。

「それが、あれ以来ずっと土御門《つちみかど》さんとお話しできてないようで……」

「要するに、避けられてる」

「はうあっ⁉」

加澄さんが核心を衝《つ》いてきた。

そうなのだ。静ちゃんは、もうずっと私のことを避けている。

話しかけたら逃げるし、視線が合ったら目を逸《そ》らすし……。

やっぱり、あんな衆人環視《しゅうじんかんし》の中で「お友達になってください！」はまずかった。

だって生まれてこの方ずーっと本と空想が友達だったし。どういうふうに言えばいいかなんてわかんなかったんだもん。

「まあ、あれじゃさすがの静も顔合わせづらいだろうな……」

「衝撃の告白でしたからね」

「完全に空気読めてなかった」

うう……みんなひどいよ。

「みなさん、こんなところにいらっしゃったのですね」

と、そこへまさに噂《うわさ》の主《ぬし》の静ちゃんがやってきた。

カザンさんの仲間の人たちも一緒だ。

「姐《あね》さん！　見てくれよ！」

「カザン……どう？　かわいい？」

シャルルさんが、自分の格好――クズノハ女子魔法学園の制服を自慢げに見せる。

「オマエら、どうしたんだその格好は」

「短期留学の手続きをいたしました。ずっとではありませんが、しばらくこの学園をあなたの帰る場所にしてみてはいかがでしょうか」

「静……すまねぇ。アタシはあんなひでぇことしたのに」

「いいのです。おかげで、わたくしも自分と向き合うことができました」

カザンさんと静ちゃんの間に、なんだか絆《きずな》のようなものを感じる。

昔の漫画みたいに土手で殴《なぐ》り合った後は親友になるみたいな雰囲気だった。

ていうか、羨《うらや》ましい！　私もそこにまぜて！

と、おあずけをくらった犬みたいに見上げていると、静ちゃんと目が合った。

その途端、静ちゃんはぷいっと顔を背《そむ》ける。

がーん！

ショックのあまり埴輪《はにわ》になっていた私に、静ちゃんが言う。

「葉月さんも……しっかりしてくださいまし」

「へ……」

顔を背けたまま、静ちゃんは続ける。

「この先あなたが立派な『原書使い』になれるよう、わたくしがお手伝いして差し上げます。だって……〝友達〟ですから」

そう言うと、静ちゃんはまたそっぽを向く。

その頬は少しだけ赤く染まっているように見えた。

って、いま、私のこと〝友達〟って……

「し、静ちゃん！　今のもう一回言って！」

「さあ、訓練をはじめますわよ」

静ちゃんは聞こえないふりをして歩き出す。

「そんなぁ!?」

春まではまだ遠い。

だけど私の新しい魔法はもう芽吹きはじめていた。

あとがき

故・松智洋《まつともひろ》先生が長年ご自身のテーマとしてきたのが「家族」と「物語」でした。

本作はその「物語」を主題としています。喜び、悲しみ、憤慨《ふんがい》……「物語」が与えてくれる様々なものを受け取って、少女たちが前に進んでいく姿を描きたいとおっしゃっていました。

残念ながら本人の手で一つの「物語」として完成に至ることはできませんでした。

ならばと後を託されたのが、松先生ご自身が立ち上げた創作集団StoryWorksです。

StoryWorksは、第一作より松智洋作品に関《かか》わり、本作においても企画段階からあーでもないこーでもないと意見を交わし、三年以上にわたってお手伝いしてきました。

しかし一度は消えかけた本作を世に出すことは容易なことではなく、様々な方々のご配慮ならびにご助力がなければ到底不可能でした。お力添えいただいた方々に心から感謝を。

そして最後に、この本を手に取ってくださった皆様にあの言葉をお贈りしたいと思います。

――メルヘン・メドヘン。楽しんで頂ければ、これに勝る幸せはありません。

門田祐一（StoryWorks）

ダッシュエックス文庫

メルヘン・メドヘン

松 智洋／StoryWorks

2017年 2 月28日　第1刷発行
2017年12月25日　第2刷発行

★定価はカバーに表示してあります

発行者　鈴木晴彦
発行所　株式会社　集英社
〒101−8050　東京都千代田区一ツ橋2−5−10
03(3230)6229(編集)
03(3230)6393(販売／書店専用) 03(3230)6080(読者係)
印刷所　株式会社美松堂／中央精版印刷株式会社

ISBN978-4-08-631171-7 C0193